中尾太一

詩篇　パパパ・ロビンソン

思潮社

arc - direction - home

北区王子小劇場、稲川方人、瀬尾育生、守中高明の討議
「二〇〇四年一一月ボー日
アントキノ景色ノナカデパーカーヲ着タキッシーダガ火ヲ……」
「詩に何ができるのか」と第一詩集を刊行したばかりのキキダダママキキが……

何カヲ書キ始メルトキ
「コウシンヅカ」ト、ツイ書イテシマウ
クセガアル
ココロミニ、ソノヨウニキーボードヲ叩イテミルトイイ
ユビノ流レガウツクシク
ソノ道程ニハ
waraji ノニオイガ残リ
ガニマタノ人ハ
ヘイ、コレカラ歌ノナカニカエリヤス、ナドト
高尚ナコトヲイイナガラ
脚ヲヒコズッテ、歩イテイル
一茶、二茶、三茶、飛ンデ
語茶、碌茶

ボー《燃》日ハ、印象モ馬鈴薯モ、ナイ
茶葉ト言葉ヲ忘レナ草ガ
目玉オヤジミタイニ白湯ニヒタル
ソウダ
書キ始メラレナイトキコソ
「コウシンヅカ」ト
ミチミチ、建テテミルノダッタ
ソコデ
白湯ト、ニギリメシノ休憩ニ
詩ヲ読ンデハ
二茶モ三茶モ
「噴飯」スルノダッタ
ボクノタマシイハ、フトッテシマッタノカ
「美女ト野獣」ニハ出テコナカッタ「自動車」ヲ
キョウハウンテンシナガラ
モウ助手席ニハイナイボクノタマシイニ
「マカマカマカズ（ナカマガタラズ）」ト

呪文ヲカケテミル
ボクタチハ以前、トロ
トロ、
トロッコニ、乗ッテイタケレド
錆ビツイタ軌条ノニオイニサソワレテ（春風ガフイテ）
タマラズボクハ、情動ダケハ完成シテイタ
「アゼ」ノナカニ
トビオリテイタ、ソレデ
「マカマカマカズ（アホバカダラズ）」ハ
ナイダロウヨ
ショウネノナイ、チンカ、スミノ
詩ノ頁ニ
芸ヲオボエタ猿ヲ連レテ
廃地ノ分析
ボクノトロ、
トロ、
トロッコハ

何年製ダッタケカ
ゴロン、ト
ト、
トロッコ
カラ、
ヤセタトモダチガコロガリデテ
ノラ犬ミタイニ
ズットコッチヲニランデイルノダ
ナンダイ、ソノ失態ハ
アイカワラズノ貧弱ハ、ト
ボクハイイカケルンダケド
ソウイエバボクモキノウ
イイヅナヤマノ見エル場所
チッチャイ、コドモラヲアツメテ
犬ガ、オマエラヲ殺シニクルゾ
ト
オドシカケテイタノダッタ

ホントウハ
アッキーナノ「ムウムウコチ」《藤原安紀子「フォトン」》ニ
ツレテイッテヤリタカッタ
ケレド
モウ、アニメハミナイ
チイ、チッ、ト
稲雀ガ舌ウチシテ《七〇年代モ、八〇年代モ、ズーット》
「否」ダケヲ残シテトンデイッタ
イヤ、「舌」ダケヲト
イイ直ソウ
ソノ上デ
「ドー詩」デモ「詩ドー」デモナイ
「ウゴクコトバ」ガ
ボクノ作ッタ粘土ザイクヲ
幽霊《ユレ》ウゴカシテ
庚申塚
アントキノ景色《ボク》ノナカニイタ

名前ノナイヒトヒト、ムシムシニ
コレガオマエノ友人デアルト、教エニイク
庚申塚
救ワナクッチャト思ウビョーキニ
カカリッパナシナンダ
庚申塚
「キミ」トノ「約束」デアリ
「契約」ダッタ
ノダ
「アントキノ景色《ボク》ノナカデパーカーヲ着タキッシーダガ火ヲ……」
火ヲドーシタッケ？
病気ノ景色ノ下
ドシテ手ヲツナゴウトシタノ？
ぱ
ぱパ、
ぱパパパ、
パパパ、

ロビンソンガ、
生マレタ、
火のナカカラ
生まレテいた
ヤッパリいかなくっ茶
「キミ」ノトコ、まデ
ソノ結果、ボクが
「シンデル」か
「ベツモノ」になっている、ノハ
確実ダケレドだヨ
パパパ・ロビンソンは、宿題を忘レない！

詩篇　パパパ・ロビンソン

この詩篇における語り手とテキスト末の記号の対応

パパパ・ロビンソン……………………………(ぱ)

猫のムーさん……………………………………(無)

多一（著者とは別のニンゲンである）…………(多)

フミン……………………………………………(不)

＊その他、重要な登場人物として「シンヨウ」がいるが、「語り手」ではない

1

「やまあらし」

せんせいとせいとせいんと
せんせいとせいとせいんと
せんせいとせいとせいんと
せんせいとせいとせいんと

今、ポテトチップスの箱のなかで（　）ぶごえをあげている
ケド
はじめのおとがいえない
グッドモーニングは（　）ッドモーニング、ぼくは
「おはよう」がいえない、前世の
つづきのくるしみの理由が思いだせない
（　）まれたときから笑っている
やせたせんせいの手が始まりの一日の枕元に傘をおく
雨つゆしのげるように

では
今ぼくが見ている朝は？
ひとめ見たときから好きになった
この朝は？　もう、終わるでしょう、でも、思いだしましょう
ぼくのなまえはパパパ・ロビンソンです
おはようもいわずにめを覚まし
ちいさなあんてぃごねになりましょう、ぼくは
思いだしましょう
始まりのウ、うう、うっ、雨が
守ったものを
はやとちりしたものを、くらいものを
ずっこけた思想を
よまいごとを
強く、よわいものを
うつくしいものを
きたないものを

なみだを、はなみずを
ヘ・クシュン（なっつかしいね、ヨユーだね）
ぼくは晴天の日も傘をさします
それが詩です
でもうれしい、やっと外に出られる！
ものがたりのために
ぼくのことばがわからないヒトヒトのために
ぼくがしらないみらいのために、ぼくは
作るのです、じぶんが救うものを、思いだし
傘に入れてやるのです！
（　）ッドモーニング、あよう、あよう、よい朝、よい朝
この傘がらいうを呼んでも
ほんとうに明るい、うそっぱちの、とうめいな、朝！

（ぱ）

「たいくつ」

起きてすぐに始まる儀式においてアール（パパパ・ロビンソン）はまず体じゅうにできていたはずの引っ掻き傷を探すのであった。それに関する描写はたいくつそのものなので割愛するが、ようは本人が「わからない」「しらない」と何度もいっているように、そもそもそれが見当たらないということですこし頭の弱い彼は、以後数時間をかけて、当の、目下の、大問題になっている「思いで」について、あらためて「思いだせない」ということを発見し、むっくりと、そしてゆっくりとカラダを起こすのである。それから食卓に並べられてあるはずの、もうこの世界にはいない小さな女の子が作った（であろう）サラダ菜のサンドイッチをここか、あそこかと探しながらひとしきり泣いた後、「であおう、であおう」と推量だか意思だかよくわからない音声を発するのだった。そして、このことだけは自覚していたが、自分にはもう生えていない翼（それをふとんがわりにして長い間眠ったのだ）、片方はねじ切れてしまった脚（彼のそうぞうしゅもそうであったから）、のために必要である杖（老いと知のレガシー）があるだいどこまで、けんけんでゆく。しかしなぜ、あのぼんやりとしか見えない小さな生き物はああも傷だらけなのだろうと、アールが思いだせない自分の体の無数の「損傷」について、ヒトヒトは気付いている。

僕は思う。アールがここにいるというだけでもうアールを天国にいかせてやりたいと。アールが今日ここにいるというだけで、もうナニカが救われてはいないかと。ガサゴソと音がきこえる。今、アールは出立前の風呂そうじを終えたところだ。（多）

2

「落葉」

ビュービュー風がふいている
窓をきちっとしめよう、それからムー猫に「こわい？」ときこう
それから「ぼくはこわくないよ」といおう
嵐がきます
ぼくらは置手gamiを下記ます
「ジドウショキニテ
シツレイ、マサチューセッツコウカダイガク、いやいや
マサトイナガワろんヲ、ボクラノ旅のアイダニ
しあげてオイテ、ダレカ
ダケレドボクラガ先ニ書ク間《カ》もね
生キ返ッてソックリカエッテ、トリアエズ
雪原カラ森ヘト消えテイルりすノ道ヲおイマス
ソコデ、ヒドク低温ノ炎ニ包マレタタメニ
ナカナカ死ヌコトガデキナイヒトヒトふたり、生まれ変わってボクラ

なのかしら、読メナイ英詩（動物ガデテクル）デモ、「道シルベシ」にシテ
ミチミチ、kami ニシテ
アイニイキマス、ソコデ暴投ニ戻
ル!?
!?」
こわい？
ぼくはこわくないよ
扉をしめるともうぼくの家はしらないだれかの家みたいで
えんとつから出ている煙は
いつかみんなで暮らしたときの煙とソックリだった
ムーさんもまだ生まれたばかりで小さな舌をちろちろさせながら
ぼくの羽毛のなかでぎょろぎょろの目んたまをあっちこっちに動かしている

（ぱ）

「M・I論について」

ほんらいはそれが本になったときに解説として書くべきことなのだが、アールはすでに存在しているある夢の模様、つまり未分化、というよりも内と外が境界をなくし、内と外が完全に重なり合っている場の視界においてあらわれた色の配列のなかに、彼が生前（生まれる前、という意味で）において見知ったたった二人のヒトヒトを救う「手立て」を見出している。アールにとってその「手立て」が「ある文の配列＝構文」として想像されたとして、即座にそれを「詩」と断定するわけにはいかない。むしろそれが可能な限り、ヒトヒトから見ればフザケタM・I論に近くなることによってしか「詩」として成立しなくなるようなものが、アールによって「詩のかたち」として思い描かれている。アールがほんとうに無防備に踏み出した「雪原」とはそんなところだ。「思いで」さえないときには「生前」もその内と外を重なり合わせて意味が通用しなくなる。辞書とはそんなときほころんだ蝶番のようなもので、その左右はないし、雌雄もない。

原子や電子の飛び交う場所でふと使用される一人称に照れ笑いをうかべながらアールも混淆の世界に隠されていくのだが、その縮尺の編み目のなかに光が織り込まれていることを、ヒトヒトは忘れてはいけない。ヒトヒトのコトバがなにかの「手立て」になるのはそんなときである。それは「詩―見知ったもの」でなくてもいいのだがアールはやさしいので「見知ったもの―詩」を残していく、気配りやさんだ。

（多）

3

「はじめの詩人——シト」

それは椅子にすわっている
あるいは、椅子そのもの
かもしれない
「リクライニング（コトバの可動域について、ウチュウにおける）ですか」と
ぼくは訊ねようとするが、おいつかない
問いも、かいしゃくも
それらがとらえるものはすべてまちがっている
のではないかとおもう
ものごとには順序とリズムがあり（ぼくはそうして生まれていた）
それらを「韻」や「律」とよび
もしぼくがぼくを信じることが
できるなら
インブンケイ（尾てい骨のおくか、鰓のそばにある器官）で
ぼくは呼吸する

ぼくはぼくを「リクライニング」によこたえる、それから
今日おこったことをムーさんにはなす
これからおこることをムーさんとはなす
そこに行くための準備は大ひっこしのようにいそがしいのだ
想像というよりも
ふとした弾みでふくらんだコトバのために、ぼくは
こんなふうに動くことができるかんせつをもらいました
「傷の子の前世」と「星の子の来世」を
ひとつのカラダに重ねあわせるじっけんはおわり
シトが立つ、すると椅子が消える
ぼくにとって中心であるべきことはいつもシンタイの個性的ハンプクだった
思いでに沿うようにぼくは
消えた椅子のほうへ向かって歩く
そんざいが
つぎのものへと移っていく、リズムよく
薪をくべるだれか

はじめのシトとぼくのあいだの心電図——similar

（ぱ）

「ムー猫のつぶやき」

おそまきながらだ！
ほんとうにおそまきだ！
こんなにも原色ばかりのふくをきて
ぼくはトンダうちゅうじんの傭兵だ
ハンバーガー星雲のはらぺこあおむしみたいなぼくは
トーチカのコーチカ（コウチク）でボケツをほっている
そのとちゅうでおしりからでるインブンケイの糸によって
ぐるぐるまきに拘束されていたというのに
だれも殺しにこなかったとは！
いもむしの王、または異邦人のムー、もうしわけていどに
しっぽのさきっちょについたペンをふりふりだ
フリフリ？
すう億年さきのゴキブリから
「わくせいのけつまつ」に関するレポートがとどいていたとは！

ところでぼくのセイメイとしてのレベルがひくいのにはワケがある
ゆうれいを透きとおっていかなくちゃいけないんだ
しっぽには埋めこまれてあるにゃ、タルト（タクト）が
なぜぼくはアミノ酸が好きなのか
こんど夏がきたら星にきくといい
きみ（パパパ）はキャッキャいってうれしがるだろう
きみ（パパパ）もずっと、大人にはなれないんだ

（無）

「ファーストネーム」

僕は今、新しいタイプの猫に影響を受けている。詩を書くのも、書くものが詩であるのも、前置詞として「猫の置物」のように存在する先行性の動物のために、あるていどは規定されているのだと考える。もし先行性動物が「君」というコトバなら、「君」がすでに書き残していたものの気配が「椅子」のかたちとしてあらわれている。僕がすでにレプリカであり影であること、つまり何かの比喩であることは、書き始めたときから決まっている。

自己紹介。僕は「同人」、といっても猫やアールとのではなく、「同じ人」ということだ。それで誰と「同じ」なのか、だれと「うりふたつ」なのか、探している。その僕の影を猫とアールが踏んでいる。

ところで僕はパパパパ・ロビンソンのことを「アール（R）」と呼ぶ。アールの同伴者であるムー猫は彼のことを「パパパ」と呼ぶ。しかし「アール」はファミリーネームのかしら文字で、今そう思ったのだが「パパパ」はミドルネームだ。だれが彼のほんとうの名前を呼ぶのか。僕は血統について思いをめぐらせなくてはいけない。かんたんにいうと「歴史」のことだ。その「はなし」はもう書けないから「ななし」。だけれどアールにはそれがある、つまり「ながない」がある。「あるようでないはなしは、ながないながいはなしだ」。ウン、これを今ここであふれでる「いずみ」のようなものにしたい——なんだかくさいにおいがしていますがどこかのタイミングでムー猫がふんをしたみたいだ。　（多）

4

「アシアト、添え木」

撲殺されて突っ立ったままの「せんせい」
野ざらしにされたままの「せんせい」
すでに一本の「立木」になっている
もう浜辺まで遠のいてしまったかれの「じだい」から
「コトバ」は
話される場も、やどる口も、持たないまま
「印字」というゆうれいになって
だれのザックでもいいというわけではないけれど
しのびこむ、すると
たしかにぼくがもっている板チョコの箱のうらがわには
「カカオマス、砂糖、虫の瞳、などなど」と表記された成分表が
あらわれている、その
文字列
つぎのような詩行（？）もまた

動きはじめている

師弟がその下に座っていた立木が光っている
そこに多くの羽虫が集まっている

ぼく殺されて、突っ立ったまま野、さらし煮
された――
音は
後もどりできない、つんのめって
どもり、後もどり、できない
ぼくは
成分表の「虫の瞳」のツヅキに
必要なものを、つまりそこに反射する「光」を
書きこみはじめた
ツヅキによって
「虫の瞳」が啄ばまれるまえに

スバヤク刺しこむ光
だから息を止めて
過ぎさった「じだい」のそこから「せいと」の姿が浮かんでくるように
先手をうつ
シカシナゼ「センセイ」ガ殺サレル前ニ「光」ハオヨバナカッタノカ、と
ぼくのギモンケイは印字され
成分表の「分」はだんだん長くなっていく
ミニッツというきものが
「継ヅ木」のなかでふえはじめると
たんじゅんに、「文」が長くなることをいみする
「死んだ「せんせい」のそばに「せいと」はどれだけの時間いたのだろう」
そのあいだぼくは息を止めて
あらわれ始めている文の長さ、時間の長さのなかで
アニメのようなものとして生き返っている
話せないこと、声がでないこと
字がかけないこと、何もしらないことが

ぜんていだった
「詩行の持続」、と
チョコレートの成分表にぎりぎりの含意でもって印字されてあるのを
ぼくは見た
物理のせかいにそれらは移動して、あとすう分で消える
「カカオマス、砂糖、虫の瞳、
そのための光、詩行の持続（もう見えなくなり始めている）、などなど」
えらくむずかしくなりそうだけど
チョコはおいしく
ここに「ミルク」という表記があればムーさんにもあげられるのにとおもう
ものがたりの外から羽虫が孵化しはじめて
ものがたりの内側の立木にあつまろうとしているけど
目がないからてんでばらばら
ぼくは「たくさんの、手をつないだヒトヒトのちからで撲殺された、せんせい」と
森の中で乱反射する虫たちを見上げながら
つぶやいていた

（ぱ）

「残滓から」

from a timberland という詩篇を二〇〇九年からしばらく書き続けていたが、幾度か推敲していくうちに痩せてきれぎれになったそれらの断片が手元に残った。

そもそも「師弟」の物語を作りたかった。「森のなかで今まさに命が燃え尽きようとしている「師」と「従者」」というイメージの鮮明がはなはだしかったからだ。このとき「森」=「詩」として読んでもかまわないような作り方を想像するのは楽しいことだった。とりわけ、それ（森、詩）がどこかの方向を指差したまま、もうずいぶん長く眠っていると仮定することは。この「森」で僕は今、それが必ずしも血路ではない「寄り道」に、架空のヒトヒトふたり（「師弟」）をあらためて投影しようとしている。

「森」=「詩」はある、という眩暈を覚えるような事態からものごとは始まっている。それを疑うことはさしあたり急務ではないが、「師弟」が生きている限りは可能体として「夢」に潜在する「抵抗力」について、物語のように書いてみることは急がなければいけない。というのも、そこで死にかけている「師弟」にどうしてもひき会わせてやりたい、ちょっとへんな生き物（アール）が現われてしまっており、この状況じたいがなにかの比喩として、僕の発声器官を変化させようとしているからだ。その過程はすぐ終わってしまうから、急がないといけない。それまで僕の体は「半分」しかない。しかしそれはかんたんな物語でもある。行《じだい》が次の行《じだい》に移るときのお話はできるだけかんたんなコトバであふれていくだろうから。

（多）

5

「添え木、」

ココデ「詩」ヲ発動サセルコトガデキルノナラ
ワタシハイマ自分ノイノチヲ絶ツ！
ソレニヨッテシカ救エナイ「鳥タチ」ノタメニ

ああ
ぼくはいま「自分」のことを「わたし」といった
「ヒトヒト」のことを「鳥たち」といった
どことなくつめたい
せいしんてきな回帰だ！
ぼくはぼくが愛する「身体のハンプク」を
すっかり忘れていた！
「ヒトヒト」から「鳥たち」に移行途中の細胞や思念が
虫のように空中をとんでいる
ムーさんがキャッキャいってよろこんでいる

よくよくきいてみると、クエ、クエ、と
チョコレート菓子でゆうめいな楕円形の鳥の鳴き声をまねている
いけない！
ムーさん、それはホッサだ！
よしよしとコウフン冷めやらぬムー猫をなでてやると
しばらく死んだようにぼくのうでのなかでまるまって眠っていた
そのときだれかがトンと、ボードゲームの駒かなにかみたいに
ぼくたちを「遠景」に置くのを感じた
真っ白な雪の上にぼくたちが残していった足跡が見えて
あっというまに
小さく遠ざかっていった
それから（鳥の目の）視界は上空の吹雪でさえぎられ
「通信」はとだえた
「とたんにホワイトアウトしました」と
ぼくはメモ帳にかきつけていた、というのも
ぼくたちは旅や文法の「ビギナー」として「瀕死」であるということに

ようやく気づいたからだ

（ぱ）

「きみのはなしが長いから」

しーっ

おしっこ
しをかけ
おしずかに

「おしずかにおしっこのしをかいて」
「しをかいておしずかね、あ、おしっこ」

みえたにゃ
ことばあそびのはてのはて
えほん
つまらん

しーっ

（無）

「そ」

「し」のことだった。理由はiのキーを押す指がなにかを回避したのだ、横すべりしてoに触れた（もうkosinzukaは遠くなっていた）。

告白すると「韻律」のことがよくわからない。わかっているヒトヒトがいないのも知っている。自分の傍に一個の形式を担保するような構文がないと、「韻律」も「抒情」も「詩」も、すべてあやふやなものだ。その構文の構築が詩論になるが、その基底に「詩」があるかぎり、詩論が書かれる場は限定される。またその構文を自分以外のものに由来を持たせれば倫理や関係は発生しない。遠目で読み取った「責任」という漢字はいくらでも融通の利く神学としてなにをも拘束しない。ヒトヒトは「し」ではなく、「そ」を書いて、その指の横滑りの遊戯性に自由を見る、ぼんやりとした夢だった。

「すうめいの、手をつないだヒトヒト」

これはアールがほとんど「う」まれながらにして持っていたイメージだった。「う」は「未遂」や「成立しなかったこと」で縫い合わされ、総体として「書かれなかったこと」の、打消しの体積を大きくしているだけのように見えるが、そこからどのように余剰を差し引いても「う」は残る。これを内在させてアールは歩き始めている。アールのいのちにくっついてはなれない「う」と、アールはただ動いている。「う」が森に投影する「すうめいの、手をつないだヒトヒト」と撲殺された「せんせい」の交叉は、アールにつらいものがたりを想起させるが、それは傷としてそもそもアールが身体的に引き継いでいたものだった。そのときなぜアールがはじめ、「う」という文字を発音できなかったのかが了解される。アールはもう生まれたくはなかった遺伝的なものの形象であり、世界の否定だった。幼児性と記憶の、無防備な混淆、あるいはその残滓、つまり「し」だった。このとき「し」における「一行」がじつは「二行」であることをアールが覚えていたことは、アールの生を救っている。それは「し」がその内側をのぞくと二つあることと等しい。一行とは二行のこと。それだけを詩論として、アールの肉体はかろうじて維持されている。

（多）

6

「くるしさのままに」

ごご九時もすぎて
ふうそく、三〇メートル
とんがりあたまのはつでん機のさきっちょで
雷光になっている
こんなにすごい音がするのに
「ほしがきれい」というこえが
よくきこえた、きみのふくのした
あみこまれたぴくせるの、さんびかのようなからだが
みえた
一日いっかいだけきこえる
きみのこえだ
「描写」というなまえの鹿がめのまえをかけぬけて
森にきえる、冬ごもりの
「猫」として

むねのなかにとびこんでいた、しらず
ゆきぐにではなくて、あるぱいんの稜線で
ぼくはぼくをころす
きみのこえ
あみこまれたぴくせるの、さんびかの、きえるひかり
ああ、ぼくはよい夢をみている
とんがりあたまのはつでん機のうしろにおおきな目玉ふたつ
ひとつはいちばんそとがわの夜
ひとつはてんきずの海のそこ
きみのからだのなかだ

（ぱ）

7

「えほん」

「ねむいねむいねずみ」はどうしてひとりで
旅をつづけているのか、あすは
「ねむいねむいねずみ」に会いたい
眠るまえのえほんのなかでは
ぼくは生きていたころのことを
思いだせるのか

　最後の数時間で弟子は片目を失っていた

ねどこでムカデがかいた詩かな?
成分表から逃げだして
チョコレートの空箱のようなくぼ地を
そこいらにつくっている
いつかあたたかくなって

ぼくたちが雪のなかから見つかるとき
ぼくはムーさんをかばうようなかっこうで
死んでいましたか、と寝言する
くぼ地
せんせんのない塹壕では
いろいろなものを幻視した
太陽にかくれてぼくたちのことを「直下」と名づける飛行ぶったい
あれもえんかく操作のぼくだったと、いま
ぼくのねどこで赤ちゃんのムカデがつぶやいている
今夜、おまえはなにか話せるか
とてもかんたんなコトバで、と
ぼくはきいてみる
遺構はすりばち状
底はさかさの山頂
ぼくがその内側にからだをくっつける稜線
なるほどヒトヒトにはじったいが

わからないわけだ
きみもいっしょにくるかと誘うと
ムカデは断ったので
そいつを「疑義」と名づけ、お別れの一動作
お辞儀しながら
やわらかくなるほほやかんせつの春を
これが最後だとおもって想像する
なおせるものならあした、しんでもいい
記憶、思念、痕跡、イメージ
ふかくえぐられて
まっくろの「おみやげ（ボクノ、カラダ）」
「ねむいねむいねずみ」に会うまえに、これを
きみのおかあさんが読めるようにしなきゃ
えほんトジ《カッコ》

（ぱ）

「ムー猫による冥王星のパンフレット」

しとのふたりめ、二番煎じ
tea や cha がおしえる、きょうかしょの口語
じゆうし
じゅそ
はっぴゃくのねごとからさめてけさもかんたん口語
じゆうし
混線のれきしをひれきするあさ、二番煎じ
はそろそろぼくだ
クマムシってしってますか
うちゅうくうかんでも死なないいきものですが、せんご
ぼこぼこにされた詩人の「たましい」が
それにてます、つまりあれは
うちゅう船です
ちちははがのっています

ぼくはのりません、猫だから
たんどく飛行です、じぶんかってな
といういみではないです
なぜならぼくにもゴーストがいるからです
いうなればともだちゴースト、ぼくらは
ともだちと遊び、ともだちをうっかり殺す
このかくれた命題わくせいのこんなんには
クマムシうちゅう船がちょっとひつよう
プライベートで
じゃなくて
降格プラトーや六畳プルートの
じしょう詩人でじょうせん許可らくしょう
かくれためいだい銀河の道のえきはまっています
かきくうきゃくをのせたクマムシうちゅう船を
熱烈打倒棒球
熱烈打倒棒球

（無）

8

「早起きしたロビンソン」

カラマツのはっぱがやわらかいおなかにおちている
雪のようにつもったそのうえでムーさんがむにゃむにゃしている
思いだせないことをかきかけにしていて
すこしだけ、なにか食べれば恢復するカラダさ
ムー猫といっしょにシリアルを食べた
やわらかいおなかの広場に
石をひとつ、ひとつ、つんでいくようだった
今日からの飢餓はそのいっかい、いっかい、に
だれかのたましいがたすけをもとめている
ぼくは食べよう
「せんせい」や「せいと」を苦しめたのは
ひどい寒さによるとうしょうだった
穴がさ
カラダにあいてしまうまで凍えているなんて！

死んだあとじぶんがこうむるであろうソンショウを生きているうちに予習する
なぜならぼくは殺される「せんせい」のいちぶしじゅうを
見ていたから
朝だ
ぼくはつらいけれど食べよう
きみらに会いにいこう、どこにいるのかわからないけれど
探しているものは
目的も、山頂も、つねにふたついじょうあるのだから
ぼくはコトバのうらがわのふたまたの
どちらかの「予感」のために
ふたついじょうのよろこびとかなしみを
受けよう
出発の朝
ぼくのためにサンドイッチを用意してくれたのは
ちいさな女の子だった
その子はみらいのヒトヒトとして死んでまっていた

こうやって
じぶんのいのちをあっちにおいておいて
死ぬことをこえて、これだと思う朽木に手をかざし
それを生き返らせ
ちょっとてれるけど
あいしていいます、まっていますとくちずさんでいる
ぼくは生前（生まれる前ってことね）
チエちゃんとアミちゃんがだいすきだった
サラダ菜の女の子はずっとみらい
チエちゃんたちのかんおけのなかから死んだまま
ぼくの家までやってきて
暗いなか
まずからっぽのガラスコップになみなみと水をそそいだ

（ぱ）

「行ったり来たり」

いくつかの記憶、とりわけ「食べ残し」がアールにとって大切だった。板チョコのパッケージに「成分表」として現われる文、これは from a timber land という詩篇の「残滓」なのだが、ぼくにとってはもうどうでもよくなってしまった地形がアールのちいさな口のなかに回帰している。旅の始まりでザックに侵入したコトバにくっついて、いちはやくアールの口に入りそうなものの「一部」として、存在の場までよじのぼってきたのだろう。

師弟の身体は青白い炎の低温によって燃えていた

たとえばこんな文がチョコレートの箱のどこかに浮かび上がってきたのならだれだって一定の時間を無償でくれてやるほかはない。そもそもからいかなる見返りも求めることができない時間の延長としてアールは生まれている。なので、その一文が師弟の凍傷について説明していることを理解するのはしぜんなことだった。ヒトヒトには見えないアールの無償の「現在」はチョコレートの空箱を注視している。アールはふつふつと思い起こされる映像をこちらに引き寄せるじぶんの手に、いぜんにはなかった力を感じているのだった。

ループという現象がある。それはひょっとしたらアールが今回の手記で経験した「行ったり来たり」なのかもしれない。

ループには「行く」ことと「来る」ことが同時に起こっているばあいがある。そこで時間は南北の回帰線のように平行して意識されており、なおかつそれは逆向きに移行し（生キ－離レ）ている。このときアールの「朝食」を用意してくれた女の子がすでに、ずっと未来において、ずっと死んでいるということは、理解しやすいことなのではないだろうか。

「過去に死んだヒトヒト」である「せんせい」と「未来に死んだヒトヒト」である「女の子」。その両者をけいけんするアールはだから「行ったり来たり」なのである。ここで「けいけん」とは彼らの幽霊が眠るふかい穴を水平方向しか測れない物差しをたずさえて昇降するということだった。そのばあいアールはじっさい「死をこえて」書いている。そしてじぶんも「死んだヒトヒト」の「名残」なのだという強い妄想を、「食べること」によって克服しつつある。こんなとき、アールは「行く時間」の上で動くほんとうにちいさなイメージにたいして動物のようにびんかんである。


（多）

9

「ラウンドねずみ」

あるふるほんやにあめがふる
あめふるほんやのあめあがる
あれふるほんやのねがあがる

あとね、

くるくるまわるねずみのしっぽ
くるまるわるのいれずみかっぱ
みずにはいっておぼれてしんだ

それからね、

どぶいたどーむ
どぶろくむーど

どぶねずみおんどで
しっぽり
うんちしたくなった
ラウンドねずみおわり

（無）

10

「プタロー」

つくりもののぼくがつくりものをする
せつげんが音をきゅうしゅうする
ぼくはやせた針葉樹のように倒れる
行のようにつど、きえてなくなる
つくりもののぼくがつくりものをして泣いている
ぼくはどんどん細くなっていく
つくりもののぼくのたましいをたんぽに
たんぽぽに
ゆたんぽに
ぼくは在りの巣
ソンザイの家はコトバでやせる
カラマツも朽ちる
カラダをくだものナイフでけずるとき
つくりもののぼくのたましいに入っていく栄養が

インブンケイを殺すのだ
ぼうばくとした、ばくぼうとした
プラトー
「鳥の目」に運ばれていくつくりもののちいさなぼくは
そこに置いてかれる
まんなかだ放射状だ
ひゆせよ、かたつむりの殻のぐるぐるみたいな、と
まんなかは目がまわる
そとばのようなカラマツやアカマツ
ながいながい一行の上のほうだけ
青空がひっかかっているようにみえるけど
よくよく思いだせばそれらには根っこがある
思いだすって、もちろん「思いで」をだ
ぼくは森のなかでさまよう
「いしきが、たましいをゆたんぽに
じつぞんをこえて、ぷタローを雪

いま、まつばやしにはいった」と
ベースキャンプに残してきたムーさんにこれまた
じつぶつを声た「つくりもの」のあんごうで
おくる
これはとってもたいへんなことだった

（ぱ）

「サンブンケイ」

しばらくのあいだ（ムー猫がすこし大人になるまでのあいだ）、アールはｒだった。ｒは持続の意志であり、燃き火であり、ようは燻っていた。ｒはｒにおけるインリツの末（行の末尾）で発生する「責任」のなかで、もんもんとしていた。そのとき寝袋でｒが考えていたこと。

一　作り物の自分が作られたときに自分に入りこみ、その運命を決定してしまったかもしれない「抒情」が自分を作ったヒトヒトにとっては、その身から削り取られた肉でありたましいでありコトバであったのではないかということ。

二　もし（一）の内容を前提としている一人称＝「ぼく」を使うのであれば、そこから出ていき、そこへと入ってくる「感情」の、相互の擦過によって開け放たれたままになっている身体の「傷」のことを「決定的であるもの」と考えたこと。

三　（二）の「決定（性）」について、それは自分が「行」を移動するときに無意識として発生する「責任」でもあるということ。そこから生ずる命法は「わけがわからない」ということ。「ぼく」の幸福を考えたときに「わりにあわない」ということ。

だけれどｒは幸福という概念に気をとめたことがなかった。ｒにとってインブンケイにおける生とは、だれと手をつなぐか、つながないか、という二択をひじょうに複雑に思考することだった。それは詩という形式とかかわりを持つということではなく、インブンケイというものじたいが自分を、その身体が相続している「傷」を中心に裏返した袋状のものだと認識した上で、その内側で自分とよく似たものを探したり作ったりすることだった。インブンケイという袋状の自己の内側にすでに規定されている条件の多重化はこのとき倫理としてあらわれるのだが、いったい誰がそのような「倫理」を知ることができるのだろう。つまり、「契約」の概念は理解できてもそれを結ぶ際に互いのうちで交わされたコトバを知ることは誰も（当事者でさえ）できないということだ。

アールはまずはじめにそのコトバをいろいろに考えることで、その彼方に存在すべき非在である対象のそのまた対象として自分の輪郭を意識する。そして今、森のなかで行き倒れに近く自己を発見しているのだが、これはたんに使った力の忘却であって、自分の「根拠」を忘れているわけではない。（多）

11

「そら、空、ソラ」

三色のそらには春がたりない
入れかわりのきせつ
体の、こころの、年月の
かわり目
ぼくは雨雲をかんじていると
いつもムー猫にはなしかけていたけれど
それが去ったものなのか
これからやってくるものなのか
ずっと止まったままなのでいっこうに
わからない
ぼくはそれゆえに
生きているような、死んでいるような
たとえば今朝がたぼくをおそったとうしょうで
うっかり失ってしまった左うでが見あたらないのも

ぼくをおそうほんとうの悲しさのついでに
了解するだけなのだ
ききうでが右にいこうする、あたまの回転がぎゃくになる
「せんせい」の「だんまつま」がひろがった世界は
とくべつにソラがきれいで
ミソがいいにおいでした
里という里は宇宙とじかにつながっており、ソラが青くて
ミソが茶色で、ヒトヒトはみな
「せんせい」が伝えたとおりの「善いヒト」
「せいと」はといえば
そこを去ってからすうおくちょう個のアトムにぶんかいされて
まがまがしい光線のなかで戦っている、と
だれかがかいたということですが
七色のたんじゅんかがもたらした定型の一色か二色が
ヒトヒトに有害であったことなど
しるよしもないことです

ウルトラなんとか、うるとら、うるとら
それも今は森のなかで息をしまうで蝶
パタパラ、ぱたパラ、とおとがする
みんなは
落葉のいちぶしじゅうを見たこと、ありますか
あれは「もうだめだ」と思ったヒトヒトによく見えるものがたりで
おいおいそんなに回るんだったっけなあと、思う
ぱたパラ、「とおと」がする
まるはだかの「ぼいん」の前後で働く「子」がでんたつのけいしき
はじめのひとりは短命、あとのひとりはじがが強すぎ
コトバはこんなにもぼろぼろでして
「せんせい」も「せいと」もソラのうつくしさにびんかんでして
あれはなんででしょうねえ
失ったといううきもちは、なんででしょうねえ
ソラのほうへ
気持ちや記憶がいこうする

まるはだかの「ぼいん」は「子」のささえなくして
どこへいくのだろう
左のてぶくろがチョットむこうのしげみに落ちている
あれにも「せんせい」や「せいと（さん）」のかなしさがいこうしているので
ひろっていかねばと思う、と
カラダのなかからおとがする

（ぱ）

「せっかちな標高稼ぎ」

ここでアールの状況をいうと、かれはまだ雪の松林で倒れたままだ。自分の左腕がなくなっているという事実と空がきれいだと思う意識が交叉して、そこにあらわれる立体的な感情の弧に、鳥のような視界を得ている。すると倒れている自分の体の中心に「う」という母音があることをはっきりととらえることができている。その「う」は非常に多くのことを自分に伝達し始めているはずなのだが、とアールは思う。いや、すでに伝達じたいが終了しているところから、まったくの余剰として、アールの生は立ち上がっている。非在である人称や時間の対象として、あるいはまったく余剰である関係や責務として、ガスのように発生している。

アールはアールのことを考えている。ほんらいなら、アールはアールである非在の遠近じたいなのだから、それを考えるのは他の誰かなのだが、アールは「他の誰か」と手をつなぐことはないし、「他の誰か」をしらない。アールは自分のことを考える。ある地点に横たわる等高線がみずからのことを考えて増殖、多重していく。するとそれは垂直になる。これは自分に対する示唆なんだとアールは思っている。

（多）

「ムー猫のいんふぉ」

だしがきいてててパパパのひだりては甘かった
パパパが眠っているあいだ、てぶくろの上からずっとかんでいたんだ
だけれどパパパのゆめにでてきた「せいとさん」みたいに
それがじわじわ焼かれて
だめになっていくのを見ていたんだ
ぼくはいそいでてぶくろを口にくわえてぬがしてやった
もっとうんとさむくなったら
そのてぶくろのなかでぼくはねむる

（無）

12

「起立、直立のうた」

あっち、あっち
浸る感光に、駅の名は
「きみ」の顔を思い出せない馬の
ひとみの奥
その激突に咲いた紡錘の町……

そうか
けいしきはちゅうくうにあって
可視のせいざで死ぬ……のか
中国の詩人みたいに目をさましながらうたをつくったのを
かきとめて
字がたくさん逃げてしまった
ちゅうかんにいるピクセルからは
女のヒトヒトのなまえ、たとえば

シエスタが
みかえりだ
女のヒトヒト、ぼくは
きっと恋することなくちゅうくうにあって
可視のせいざで、死ぬ
けいけんの未明にすむ
家のない母子のひとくみがぼくを
「かわいそうだ」
というのがきこえた

傷ついた師弟が立木の下で眠ろうとしているのを、もうずっと前から見ている

成分表に「賭け」のようにあらわれつづける残りもの
もうチョコは食べてしまって、箱はからっぽ
ぼくはだれかに恋することもなく
だれかとぼくの、死にばしょにいる

まさか魔法のタクトがペンに変わるなんて
きいていなかったよ
ムーさんがどこへいったのか心配だ
二度ねの二度めは四度ねで
そのうちに
ぼくのせいめいがなかったことに、なる
起きていなくてはいけない
だれがいなくなっても
だれも読まなくなっても

（ぱ）

「予告」

かくして手記は減色しつづける。ことばあそびのように。だから僕はアールが先を急ぐことを望むのだった。こうしているあいだにもヒトヒトはアールにそのカラダを差し出すように要求している。もう「きみ」が「きみ」でいられなくなる時刻の到来のあと、アールの生まれ変わりかと思うようなヒトヒトが一個の発言者として「せんせい」のように撲殺されるほかはない夜がくる。その発言者は「きみ」にさよならを告げる。まだ詩を書いていたいけれど――そう思うのは「きみ」にさよならを告げている「僕」なのだろうか。だからもうファンタジーのようにアールの加勢にいく？

「僕」をカッコに入れた世界のなかへ、幽霊にでもなって。

「見えない」のカッコを外すとどうなるか。それを「見える」、あるいは「同じ場にいる」と考えれば一行はいつまでたっても一行。ほんとうは「僕」は、「僕」のかわりになにかを存在させるための「構文」であって、あるいはその「なにか」であって、誰かと同じ場にいられない「比喩」の一つ。

（多）

13

「ほうほう、詩の――フクロウとのひみつの会話」

ぼくたちはくらやみに浮き上がる「たとえ」の冬を共有した、仮死だ
かじかんだ、弓手でひきしぼる中空の天秤に詩をふたつ
乗せて、これがだめになりゃあさ
ほんとうにさようならだ
それぞれの上着のボタンをちぎったらうちゅうの果てで
枯れる星、ふたつ
だれもしらないのさ
もし「一行」がたったそれだけの概念であるなら韻ふんであやまろう
きのうとあしたに
どうしたって仮死は、姿の見えない天使にこしが
ひくいのである
ざっと「行ワケ」の物語をでっちあげて
あらかじめしっている
バッテン印の番地までゆうどうする、それが

なつかしいぼくのうち
なぜそこでぼくは死にながらにして生まれたのか
れんぽうの谷間
見えざるからだで畝を這いずる天稟がぜんしんで剝いたじゅんすいのひとみは
ランタンのなかでこんや、なにを夢見るのだろう
否定には否定形の夢があり
ゆえに詩の「構文」はそのとなりに「詩行」をもつ、と
そよぐ草むらの「戦線」では
ヒトヒトになれなかったどうぶつのえもーしょんが
べつのコトバを話しはじめているようだ
きみの、三〇余名のいずれ死んじゃう子たちには
どんなお話をつくってあげればいいかな
こんやと同じように
暗いところでぼくを支えたきみのカラダのひみつをそっと話して
どこかに逃がしてやろうかな

（ぱ）

「ho-ho-」

アールには好きな「フクロウ」（じっさいはミミズク）がいて、「ほうほう」と題された手記のために、生前みずからが「ホーリー・ホー」と名前をつけたその鳥をふと召喚してしまった。もちろん「思いで」のなかから。

取るに足らないものであればいつだって呼んでもいい。「呼び間違い」ならなおさらだ。それらの総称を「詩」と考えることだってあるだろう。「呼び間違い」「読み間違い」、それから「勘違い」のためにできるともだちはすばらしい。

アールはここで、うっかり呼び寄せてしまった見えない生き物に詩論のかわりになる言葉を話している。ずっと先の約束に近く、コトバの外で。だから「いずれ死んじゃう」なんて、悲しいことを書いてしまう。ところで「三〇余名の」「子たち」について、アールはとんだ思い違いをしている。親違いなのだ。その子供たちの母親はハリネズミ（「ハリー」という名前がやはりアールによってつけられている）である。ホーリー・ホーには子供はいない。この「思いで」の相違から（へ）のように漏れる方向性にとらわれて、ほんのすこしだが、これからアールの道は複雑になる。

（多）

14

「この季節に」

とちゅうでお墓によろうかな
ことのほか、コトバの外はあったかくて
いまぼくが歩いているばしょも
そうなんだろうねえ、ムー猫や、おまえの
おかあさんを、あの
ふとった、いいしっぽの猫を
夢のなかでいじめないでおくれ
コトバの外は、うそがつけないので
こころぼそい
だから墓のヒトヒトはえいえんにきらっている
だれかのコトバといっしょくたになっていくぼくを
だけれどぼくは
霧のような一人称の「あいまい」に隠れた、だれかとのあいだに
うまれ、ほんらい

すまうべき場所をうしなっているのだから
いいでしょう、と
うまれてはじめて「けんり」とやらを
しゅちょうしてみる、オフレコ
「し」は、オフレコ
オフレコで
「きみと手をつないだ」、とうそをつく、アシアト
アシアトは
見えなくなるでしょう、雪で
見えなくなる
きせきとは、今、春が来ること
キセキは
今は
おこらない
だけれどオフレコをかいほうするときがおもいのほか、近い、雨雲は
うらがわの声をさしだせといっている

まだうらがあるんだろうか、うらのうらが
おそろしいな、コトバは
月桂樹の葉っぱみたいに目をつって
「ぼくも死ぬことを厭うな」と
口からこぼれる

（ぱ）

「息継ぎ」

いつか、長い一行の後半部にさしかかるとき、もう「僕」は終わっているんだと感じていた。なぜ五〇メートルのプールを息継ぎなしで泳げたのか、答えは水が動いていたからだ。僕とともに動いた「事」、僕が動かすことができた「物」、つまりコトバは体じゅうに入り込んでそれそのものが流れ去るところへ「僕」を解き放っていた。見えるのはコトバにおける無数の方位だけだった。その一つが「僕」じしんでもあるとき、「ほんとうの僕」はそれらを底上げして「この世界」にあらわそうとする絶対的な力だった。その表出として「一行」はあり、また、その「一行」の意味が「人間」であるとき、「もう一行」がある。が、これは僕じしんに必要なフィクションとしてやはりカッコにいれて、そのほとんどを見えなくさせなければいけない。つまり、この世界でどこまでも「詩」であるほかはない。

（多）

15

「しばし、思いでについて」

とうめいなルビでつくったバリケードのうちがわに、むかし
びょういんがありまして
かんじゃはみんな、あしのいっぽんやにほんはせつだんされている、やせた
おす犬をつれ
ろうかをすれ違うときには、おたがいあいさつをしたんです
声帯がそんしょうしていたので、みぶり、てぶり、でしたが
けいれいのどうさがはずかしそうにゆるんで、別れるときには
あくしゅを求めるようなかたちにかわっていった、それから
ぼくらの犬どうしはずいぶんながいあいだ
ぎろぎろとおたがいの目を見つめあっていて
なにか話せ、なにか話せ、とおもっていたわけです
叙事のくうはくはこうしてできて
バリケードのゆらいをいいますと、そのとき
びょういんの小さな庭に生えていたいっぽんの立木に

鳥のようにルビはあつまり
たてものをすっぽりと囲繞したのであります
そして、おす犬の夢の習性が散薬のようにとけたかんじゃたちの血液のなかで
それぞれの叙事はしんだのです
きょうのぼくのように、ねむったのであります
いつのことだったか
いつのひのことだったか
いついつまでものことだったか
ぼくはなぜかしんけんで
ひだりまえあしのないやせたおす犬でしたが
死にました、死んでいなくなってしまったのですが
しっぽのほねで
きみとじゃれあって遊びたい見えない肉体をむちうって
いまではカラダからほねの突きでたいきものになって
みんな、こわがっていたのかな
ことばを

ぼくがなんにも話せなくなった
りゆうを

（ぱ）

「だんだん夜になっていく」

ここで途切れたリスのあしあと、手持ちの駒は
はじめからみっつ
ひとつめは直喩
ふたつめは語呂あわせ
ふくざつなみっつめはどういおうか
ここらで装備をてんけんしてみようか
ふくざつなみっつめはザックの下のほうにあって
ロープみたいにぐるぐるまきになっている
くらい、さむい、さびしいばしょだ
きのうよりもつらい夜
ぼくは、ふたつのスプーンを片手に持って
カチカチ「おと」をつくるれんしゅうをしていた
ぼくのザックがかかえこんでいるれきしの深奥は
「共有するうんめい」

死のいっぽてまえにつくったばしょだ
それがザックの中
みっつめの駒として、さいごにとってある
そこはぼくが生きていることじたいがゆるされる場所ではなく
てっていてきな審判のそうちが
ギイギイいって稼動しているような
夜（直喩、のちに暗転）であり
mili（語呂あわせ）であり
ときはなたれたコトバをすべて透過させてしまう
ほんとうのこと（ふくざつな、みっつめ）が
まっているところである
ぼくは道あんないのリスは凍死したのではないかと仮定する
そこで小動物のさいごを
「カンカクのなくなった下半身がびくびくけいれんしはじめて」
とびょうしゃする
それから道がふたつにわかれており、ぼくは

カンカクがなくなったほうの道をいくだろう
さもなくばほんとうにムだ！
すべてがかたほうに集まってしまう、ヤミだ！
ムにかんするぐんだんの見えない前進が
「せんせい」かともおもえるリスの下半身を
まひさせている
リスは死んだ
その仮定のさきの雪道のほうをえらんで
「まだ、ぼくの意識がある！」と
チョコレートの成分表のいちばん下に
じぶんじしんでかき込んでみる
「せんせい」たちもじぶんじしんのぐんだんを
とおくから呼んでいたようなのだが
それはとくていのじだいを透きとおることができずに
消えたものがたりになっていた

（ぱ）

「抽斗のなかにしまう原稿」

「共有するうんめい」や「ほんとうのこと」には「ぐんだん」がある。「せんせい」たちもそれに対抗するための「ぐんだん」を呼んでいた。だけれどそれは「じだい」を「透きとおることができ」なくて「消えたものがたり」になった。

たとえば形式的なニヒリズムから形式的な知のコミュニケーションへと平滑移動する見えない「ぐんだん」について、「せんせい」たちはその「見えなさ」を勘違いした。それと同じような「見えない次元」にみずからが現れ、互いに見えるところまで接近すると、「力」の優劣ははっきりしていた。「せんせい」たちが抵抗として「ある言語レベル」を表出させ、「ぐんだん」との間合いを詰めていったとき、「ある言語レベル」という位相がそもそも存在しないことをはじめて理解した。しかしそれがもしあったとして、誰が「ある言語レベル」などというものに対して「喧嘩」をふっかけるのだろうか。言語は「せんせい」たちの死にぎわで、「せんせい」たちの身体を光線として透過し、彼らの像を「存在」から引き剝がして宙吊りにしている。これが惨殺の発端だった。「せんせい」たちが召還した「ある言語レベル」は、生命として低くなった自分たちのレベル＝身体まで到達できないで、「コミュニケーション」のなかに溶けていく。「せんせい」たちの輪郭線はもうあたりの粒子と混淆しているが、おそらくアールが自分の体を傷つけて生きる限りは「せんせい」たちを常に知覚している。

アールは二度、幽霊になる。すでにそうである自身を無意識のうちに殺そうとする欲求によって。つまり、夜、アールは寝たまま自分の体に無数の引っかき傷をつける。その線一本一本は「せんせい」たちの輪郭として翌朝のアールに想起される、「倫理」だった。傷口はそのうち瞼のように開いてアールの内側を見せるだろう。

「一行」の自己否定の物語がそれじしんの結末に向かうとき、あきらかに別種のブースターがそのなかに存在している。それはすでに経験されてあることを繰り返す際に語られる「断言」ではなく、「そのようにわたしは繰り返すのだろう」という「推量的過去完了」、つまり「致命性」である。そこで「一行」はみずからに次のような「根拠」を見出している。

――「きみ」がここにあらわれていることによって「僕」に意味を与える指示性のいくつかを「僕」は「きみ」がいないにも関わらず書いてしまうだろう。

（多）

16

「星へ、」

べつに、とんでもない旅がはじまって
とんでもない修練をつみ、とんでもない
時間をついやしたさきに、というのではないのです
こうしていっぽいっぽ、けんけんで
なかなかひらけない視界のなかを、なかば
雪にしずまりそうになりながら
(ここでぼくは「沈まる」という動詞があるのかどうか少しかんがえてから
「静まる」というコトバへの分岐を見つけ、そちらの傾斜へと移行していく)
あたりがだんだん「しん」となっていくのを感じるのです
これは「新雪」の「しん」だとか、「深刻」の「しん」だとか
まだひらきっぱなしの傷口(ひだりうでの)からわさわさ生えはじめている
ふきのとうのような触手が
ぼくからしたらすこし恥ずかしいものをカンカクするのです
ところで

なぜ「せんせい」の「ぐんだん」は「せんせい」を見つけられなかったのか
あるいは「せんせい」のところまですすめなかったのか
もちろんかれらはじぶんたちが「せんせい」の「いしき」として出現したということに
せきにんを負うひつようはなかったのですが
ぼくにはわかるようなのです
「せんせい」の「ぐんだん」は無傷でした
野を越え、山越えのかていで
かれらはじぶんたちを代行する「せんせい」の倫理を理解できなかったし
「こころの峠」と名指された三角点の
そこでいくつもの町や村が重なっている場所で
「せんせい」のそんざいの「有毛」(「不毛」の反対コトバか、あるいは「ワケアリ」と読
むのか)の、ひじょうにきんみつな一本一本のどこに
「歴史」と「地理」が存在しているのか気づかずに
じはつてきに霧のなかに消えていったのです
そのときコトバは今を最終化するかわりにノスタルジーの果てで
記憶ソウシツの猿《「ぐんだん」》に撲殺される主体《センセイ》を

ぼくのこころに投げかけた
だけれどその猿じしんが
ジコヒハンの残滓である「金輪際」というわっかをあたまに嵌めているのは
なんというおかしな「遺伝」だろうかと
最後の一撃が「せんせい」のあたまをかちわったとき
「せんせい」はおもった
「せんせい」の「ぐんだん」は「どくしゃ」というかだいとして残っている

（ぱ）

「ムではない」

♀♂《しゆう》だ
これもまたいったりきたりでムではない
つまりぼくのせいべつはほんとうのところ、わからない
なまえはムー、おうとうはケッコウ、ただの
おしゃべりだよ
ムーずかしいのか、トーちらかってるのか
トーチカからちかちかみえるひかりが星だよと
まだぼくがあかちゃんだったころのよる
パパパにおしえてもらったことだけがせんめいな
このすうじつかん
ぜんたいてきに毛がのびてきて
ムとはムえん
とってもさむいよるの
ストーブのうちがわ、わ

ぼくのおなかのなか、だ
きょうのごはん、わ
ちゃわんムしが、いい、な

（無）

「星足（ほそく）」

その夜アールは透明である自分の体を無意識にたわめさせてゆるい曲線を作っていた。その線に自分が二重化して、それを「せいめいの意味」という実線に変えるためだ。結果的にアールのお腹のフォルムはその前方にムー猫がやってきたときのためのスペースを確保していた。翌朝、アールの体は「なにかのために」という（意図していなかった）目的性の後遺症によってひどく痛んだ。筋繊維のスキマに引っ掻き傷ができていたようなのだ。その溝にまたもやアールは自分のカラダを重ねていく。「感じやすい」とはこういうことだ。そのような感覚としてアールは存在した。そのおかげでアールは誰の「ぐんだん」にもならなかった。期待するもの、無責任なものにはなりえなかった。そこ＝溝はいつもアールがじぶんを見つけ出すところだったからだ。

アールは「谷あい」に向かう。そこで自分の幽霊と出会い、ときには「入れ替わって」みることで、自分の発声器官を酷使する。代償はその体を「現在」が「透過」することだった。「生きていない」という寂しさと、「生きている」という自責を持ってアールは生まれた。

今から三十年ほど前に書かれた詩集の光景《『アミとわたし』》を理解しながらその意味をゆっくりと梳き始め

ている、十光年の子供時代へ伸びていく影。以降の「つくりものであるぼく」は生きているわけではないけれど、その反対である「ム」ではないほうに長いあいだ現われ、失われている（「生き－離れ」ている）。交叉するそれらの消失点こそが、アールが自分の体を重ね合わせる溝＝記憶だ、とアールがいえないことを僕がかわりにいう。アールからは僕の姿が見えないのだ。

（多）

17

「ムー猫のいるベースキャンプに一度かえる」

持ってみればかるいんだよ
だけれどああ、とおもうくらいには重さがあって
やわらかく、風がふけば
ひらひらゆれる
死んだヤマガラのことだよ
これからじぶんじしんのものがたりによって生まれ変わる
ヤマガラのことだよ、と
ぼくはすやすや眠っているムーさんにはなしかけた
ぼくの「ぼうけん」について
だったかもしれない
おやすみ
みみずく
クリオネ
ねこ

(ぱ)

18

「ムー猫のそばで眠れない」

あのちいさな山小屋であおう、と
ぼくは「どくしゃ」に呼びかけていた
そこで会うヒトヒトを「どくしゃ」と呼ぼう、と
おもっていた
ということなのかもしれない
忘れさられた音
「どくしゃ」
草にヒトヒトへんをつけて、なおかつ
それらが生えているところを
そうぞうした上で
それぞれの予定をあわせ
「死後」も時間のうちにいれて
やくそくする
ボードゲームのたぐいでも用意して

いぜんはここ、ここにいたけれど、と
洒落のひとつもひろうする
「ワレワレ」の駒は、なかったんだ、なんて
「時代の映画」をとおく含意して
「あっち」と
ぼくはユビをさす
かきくう客はきくだろう、あっちとは？
そこは
これからも重なっていく無言に守られ
閉じていくところ
揺籃であり
棺桶であるけいじょうのところ
「みんなにはなしたいことがある」と
ぼくは冒頭にもどりつづける、どもり
つづける、いっつも
はじめのシーンをやり直す

ぱったんぱったんと
坂をころがるゴム付き玩具みたいな音がきこえる
カーサントーサンときこえる
なかったことを思いだして
えぴすてーめーのすきまからぼくは
あふれでてしまう
コトバの旅は死んだ鳥のようにかるすぎる
おやすみのあいさつもそこそこに
漸進する「溝」の幽霊がしゃべっているくらやみへ
ヘッドランプをつけた数名がもう出立している

（ぱ）

19

「鹿」

こう雪、みなみの風、ともにいちめーとるの朝
青白いシートがいちめんに広げられたような
プタローを
はねおきたムーさんがはしりまわる
うごく虫の絵（アニ絵）を描いてやると、おって
「ぼうけんげーむ」のそとへ、ゆくえふめいになる
ぼくには、断続的に、バツがくだされる
いつか
みずからをコロシテいるようにもみえた、ヒトヒトの詩の
冬の批判
からの血路である川沿いのみちを
あるいていると
ひらこうとおもえばいつでもひらけた、ノドの
すてさられたコトバのばしょに、水をのみにきた鹿が

住むところがないと
昔ばなしや精霊だのみのふっかつさいで
ひっこぬかれた
のうみその、かつてあった空洞で
こえをひびかせている
「アニ絵のなかまたちとらすこーまで
　ゆくえをくらませていたいんだけれど」
いま、ムーさん（どこへいったのやら）に
むかし、「シカ」というどうぶつがいてね、と
すがたが思いだせないものだから
漢字でおしえてやる
まず「まだれ」だか「がんだれ」だかがあって、つらつら
目撃とそうしつがそのうちがわにあって、つらつら
なぜだか死んだヒトヒトをおう「コトバの秋」があって、つらつら
つらつら、と
とちゅうで、というよりも

はじめっからまちがえてしまい
「道」
という字になる
だれの「道」かって
「ここでみずからをいなくしようとしたヒトヒト」の
行ったり、来たり
あっちでも、こっちでも
夜の花火のように
いないヒトヒトのあしもとをてらしては
てらされないところの服の、さ、さ、という
さっか音といっしょに
いずれ、光にあつまっていく羽虫の
複眼の「ふく」の数だけ
「むすうのおさなご」として、ちらばって
ちらばった一族のはてを
2019、2020……と刻む

雪のうえの、ムーさんのあしあとみたい
むかごの目はきょろきょろしているか
らいはるの奇跡まで、もうひといきたりない、の
ひといきになりたい

（ぱ）

「ムーさんの鹿追い」

「うごく絵」をおって、ぼくはせかいをみる
それがうごくものだから、ちょっと水かきのついたまえあしで
らっせる、するら
「うごく絵」はゆきだるまのようにころころ転がって
月みたいによとぎの、ねむりしなの斜面をかつらくする
よしおまえのなまえは「ムーヴ」だ
ムーヴを、おう
ざんぞう、痕跡、かげぼうしを
ムーはおっていますよ！
パパパのラッセルと直角をつくってはなれていくぼくに
監視の星はびっくりしているだろう
ムーヴは目でとらえてはいけない
ぼくのラッセルは潜行する、そう
えすかれーたーのぱんとまいむのように

消えたふりをする、目で
とらえてはいけない
ぼくはほんとうはいる、ムーヴといっしょに
生きています、とてがみをかいて
ぺろして（ふうをして）いる
ついしん
パパパはだんぞくてきにばつをうけるひつようはない

（無）

「神経衰弱」

それからすぐにムー猫はアールの保護されるところとなったのだが、さっそくアールは「鹿」についてもう一度話してやるのだった。それで予習したにもかかわらずやっぱり「道」という字を教えてしまうはめになったのだが、ムーはムーで「ムーヴ」のことをいっしんに思いだしていたわけだから、アールの説明は「道をムーヴするもの」ときこえ、猫のあたまにとってはすこし長めの文の末尾を訪れ、そして去っていくものの姿がおぼろげにではあるが想像できたのである。それについての両者のイメージは（「角」の有無についての議論はあったが）たぶんそれが「鹿」で間違いないだろうという決着を見た。アールにとっては「ここでみずからをいなくしようとしたヒトヒト」によく似ており、ムーにとっては「角のはえたまるい虫のようなもの」である。

（多）

20

「キモチ」

きれぎれの「手紙」はもうチョコの箱に姿を見せなくなっていた。ファンタジーから「刑罰」のほうへと渡っていくどじなコトバや物語は発話者のたそがれどきの自責をまとい、だれが見てもかわいそうだとしか思えない生き物として、頼まれもしない仕事をしている。

行間に満ちるものがある。どじなコトバや物語には言って聞かせる。そこにはもう帰れないと。なぜ僕たちが古いのか、ついでに語って聞かせる。なってしまえばおしまいのコトバの続編に関わっているからだと。満ち満ちている行間からぐうぜん拾い上げられるコトバが「新しさ」として誤認されるあいだ、森の中央を流れる川に浮かぶ豆状の拒絶は「おれの取り分だけでいいから、もう水をふやすな」とつぶやく。豆状の拒絶の殻のなかに豆二つ分の失語。大切な何かに出会う前日の永遠はかくも生きることによって自傷する終わらない歌だった。まだ前日の、ちょっと生まれるのが早すぎたファンタジーは、明日を生きられないことを知っている。その明日を生きるのは昨日がなかったふりをするファンタジーであることを知っている。それらに対するムー猫の憎悪は「ムー鍋（コトバの）」をぐつぐつ煮込んで、煮込むことに集中しすぎて、ぱらぱらマンガになる。そこに現れるのは野っぱらを走り回っているじぶんだ。それを見ながら、あまりのなつかしさにムー猫はじぶんがおとなになったような気持ちがしている。いろんなことがあったなと、しんみょうなキモチになる。ムー猫は「これ」といって、ぱらぱらマンガのじぶんを指差す。「これ、いまもぼくだよ」といって、ムー猫もほんとうにアニ絵になった。（多）

21

「しもやけ」

鹿のつののようなつえをついて
ヒトヒトの影はいま
回心のような復路をあるいているか
その、トレースをぬい
きみといっしょに暗唱する、うらみちの夏
なんどでも書いてみればいい、と
ぼくのこころはつげているのだが
「かのうせい」
というばしょを残し
そのつど生まれる「きみ」の「むげん」は
ぼくの声のばいおんが経験しつつある「けんたい」
かもしれない
月の下で
セミのようにいちまい、ふくをぬいで

「むげん」のほうへ送られたとたんに
「らんる」になるのが
はんぶんの、ぼくだった
つくだに、つくだに、となくセミが
アッチコッチの「かのうせい」のなまえをかきとめて
つくった名簿
をのぞいたとんぼ
のめがねは「かのうせい」ではなくて
じぶんの眼の、七色を見ていた
ぼくの目を、見ていた
つくだに、つくだに、となくセミセミの学校へ
おまえはいくかいとムーさんにたずねる
へんなきごえだがね
画材はたくさんあるよ、おんげんも
こんがらがった思想も、そのりゆうも
きっとあるよ

凍りつく服がぽきぽきとおとたてている
これをなにかにたとえますか
直喩、語呂あわせ、あとなんだったっけ
ぼくのコトバのよう素は
のこりの、ぼく自身であるふくざつな方法は

（ぱ）

「ムー猫のリクエスト」

パパパのあたまはデンパトウ
そのてっぺんに
サルが立っているのがみえるから
パパパにそれを描いてもらう
そのあいだ
ひどいねつでふるえながら
パパパをまねたしをかくよ
ええ、
「せん（千）のせんけん（先験）の」
「えいこう（曳航）するさいごのふねに」
「ぼし（母子）」
「そのために」
「ぼくはかのうせいのいっことて」
「せんたく（選択）することができない」

パパパのおはなしみたいに
よくわからないね
パパパの描いた
デパアトウのうえにたつオサール
デンパトウからとびおりて
ずきずきするぼくのあたまのなかに、はいっていく
おおきな手だ
こいつに「ミギテヒダリテ」というなまえを
つけよう、パパパは
おーいと手をふらせたかったようだ
その手がよくみえるように
おおきく描いた
ということだ

（無）

22

「シガク」

それなんのヤマか
ふくざつな尾根のどれひとつとして
ピークにとうたつしない、きり崩れているのだ
ないピークが存在する、とでも
いうのだろうか
ヒュッテでは
しろうとかくろうとかわからないヒトヒトのコトバが
はくねつする、くらい電球
のまわりで
ムーさんとぼくは羽虫になって
よういしておいたせりふがいえないね、と
見つめあう
「あっち」
とぼくは指さしたかったが

かきくうヒトヒトには
見えない、というか、ぼくたちも
あのヒトヒトも
たがいのすがたが確認できない
たいわかのうではあるのだけれど、たいわ
とは
せめてたがいのすがたが見えることをがんいしていて
なるほど
なるほどなるほど
それは
かくちょうされた「対他」のいしきの中で
むげんにかいしゃく可のうな
めいだいである
なるほど
きょうのぼくはさびしさのあまりにさえている
こんなふうに「ぐんだん」とさようならした時間には

「対自」のいしきのなか
たったひとりで「どくしゃ」をやろう、コンパスは
たしかに斜面をこえてあいにきてほしいと
遭難者のざんりゅうするばしょをさす
「こっち」などという
おおざっぱな分岐で
ぼくはだれにもあわなかった
ユーレイだからだ
セーメイのじげんが
ひくいからだ
なぜここに
「知ったかお」がいないのか
ぼくはりかいにくるしむ
ことはなくなった
もどろう、のきさきのげろに
かえろう、ぷたろーに

とんがりあたまがいご数日ぶんのてんこうを予測して
ぼくとムーさんはひじょうに心残りであったが
しととしての思い込みとそれらががかいした場所を
つねにサッていく

（ぱ）

「シトシトと曇り空」

しりとりと、何？

場から場へ、韻律から韻律へ。どこかでやめなくてはいけない旅だ。場から場へ、音から音へ、流れから流れへ。どこかでやめなくては、と思う。

何度も、橋を渡った。循環、などと、知ったようなことをいうな。なつかしい「詩の技法」が一続きのセンテンスとして僕らに触れていることと、そんなものは生き延びるために役に立たないということをどうしたらおなじリュックに入れることができるか。できると僕は答える。できるだけ「詩の技法」を使って生きたいと結論する。

韻律と数式とわけのわからないガスのかたまりがコトバになるとは思っていない。だから「あ」から書き始めて「お」で終われといってくれればいい。もしくは始まりと終わりがある詩を書けといってくれればいい。それなら発声する器官から器官へ、ひゅーひゅー鳴きながらアールのような生き物が最後の走りを見せてくれる。

僕は詩を読みながら思う。否定の果てで生きていても、それらがまだコトバを使えるなら、きっと僕はだれとも手をつなぐことはできないと。今は、もうコトバを使えない「だれか」を紙の上に映し出そうとしている。記憶自体はないくせに、「思いだす」ことができる「だれか」。「昨日」それじたいである「だれか」。「きみ」というコトバの「ふくみ」をじっさい見られるまでになった「瞳」の物語をいつか書きたいと思って、「詩」から「方法」と「語彙」を借りっぱなしでいる。こんなにも感謝している。

（多）

23

「荒天の日、ここから動けずに」

ぞうよ、とはどうよ、みのほどしらずが
みのたけをはかったときの、柱の傷が
のこっている、みのむしの
誇大妄想のすうミリ
みのむしの、みののなかで
ぷれぜんととしてのコトバを、こうかんしたつもり
ぷれぜんととしても、どうよ
ぼくをかんちがいしたゆき山のどーぶつが
もちよった、ありたけの、みのたけ
これからどうしんでゆくのか
みていこうじゃないか
どーぶつがしぬ日はもうすぐくる、だけど
つかれた、のこりかすもいいところの時刻で「お祭り」のちいささを
むいを、なげくものか

そのとき
「おう」だか、「おお」だか
はなれてゆくしまぐにはつげたいのだ、と
思いでが、かってにしゃべりだしてるよ
あかんぼうのようなぼくのねんげつの二足ほこうに
ついてくるあしあと
わすれられた、精神のどだいが
かってに、しゃべりだしてるよ、ああそうだね
いま、見おくったことどもは
めいふの電車のなかでまた死にたいと、思うことだろうね
だけれどあとひとえき
あとひといきのしんぼうが
生前になにをうけいれてきたか、おくればせながら
ふうっと吹きこむ
いれぢえやえれじいは
なにを、希望としてかんがえるのだろうか

かきかけのものにはつづきがある
そのまえで
ヒトヒトはみなくうそな批評家になる
みのほどしらずのみのたけを
みのむしのみののなかに、ぼくは
ぞうよしてきた、ところだ
私書箱のぴくせるもぴくしーずも
ねんねして
ぼくのとんがりぼうしも
とれちゃって
ゆきどけの奇跡の日まではそうなん中のヒトヒトよ
あたらしい病後のじだいには
ムー猫のすがたも見えるのだろうか

（ぱ）

「ずっと書いているヒトヒト」

夜おそくまで書いているじぶんを思う。夜はつらい。すくなくとも僕にとっては寒く、さびしく、息のしかたを忘れるくらいにつらい。だけれど、と思う。今も誰かが書いている、と逆接の先、そのもっとも消え入りそうになっている先端で「理想像としての詩人」が寝食を忘れ、もはやじぶんのエネルギーによってではなく、書いている、そして雪のようにひらひら落ちてきては、僕の夜に着床する。ふかい意味で、その地平には「絶望」というなまえを与えたい。順序、あるいは秩序の問題。それはなぞなぞの形式で問うているだろう。僕はただ順をおってことがらをほぐし、順をおって説明したいだけなのだと思う。むずかしくない「いろは」の話を、ちいさい子（もしきみがそうであるのなら）に。こんな「一行の秘密」がなんなく理解されるのなら、「コトバのあたらしい流れ」という、僕にとりついてしまった可能性は「詩の契約」のうちがわの風景を語りえるものにするだろう。それはどの時間においても、どの時刻においてもなにかに喩えられるような一連のセンテンスだ。そういえば昨日の夢で、僕は「詩人」に声をかけていた。「このごろは（たぶん、えいえんに）、あなたに詩は微笑んでくれないのですね」。詩こそほんとうの物語であるから、「叙事」である役者はつぎつぎと現れてはじぶんのカラダ＝私書箱に消えていく。そこで舞台から持ち帰った小道具や衣装を手にとってまた「詩」を始めよう。
ずっと書いているヒトヒトになろう。

（多）

24

「飛び石連休」

ぼくの一生はずかんのなかのセミの一生
ふわりふらり、グッバイするいみのぜんぶ
あんよひもをつけて光景をひゆとせよ、ふわりふらり
うかんでる雲からクモのいといっぽん
つかまって、のらり
ひきずられている
てを、はなせばとヒトヒトはいうが、てを
はなせばひとりになる、のがこわい
あんさーです、あさなのです
あのさ、のとなりにはムーさんがまだねむっていて
ゆるいおなかのなかで記憶をとかしていく、まるで
宇宙のはじまりのように、でも
それが見えるのはずっとみらい
というのはふしぎ、ムーさんのおなかのなかは

いつもからっぽです
からっぽの舟を、雪原にはなすと橇になる
木へんにけむくじゃら
いっぺんにねこじゃらし、よってしまって
じぶんでかいた「し」であそぶんだ
あたらしい「し」はない、ある、ある、ある、ない、と
ごせんまいの花びらをちぎる、ぼくの
なくしたとんがりぼうしも「めたもるふぉーぜ」の「もる」のところだけ
あっちにいけなくて
「もるふ」という妖精がいるかもとおもうくらい
見えるかもと、おもってしまうくらい
らがん
ほんとうはめがねがいるうるとらまん
ねぶくろのなかではね、むくろの話をしよう
わじゅつとは夜伽か、せっきょうか
音がみんな鳥に見える二月は青い一月

小どうぶつかとおもっていたあしあとが大きくなり
ぼくはかわいてしわくちゃになり
遭難したときにほんとうのことをかくための日誌を
ザックのなかからとりだした
生まれたときからないとおもっていたひだり足は
とても短かっただけで、奥のほうにくっついていた
みぎ手だとおもっていた、みぎ肩にくっついていたものは
マフラーのさきっちょ、色がかわっているところだった
ではぼくのほんとうの手は?
しまぐにのむこうで音を捕まえている
こんちゅうの足が折れる音やなだれのけはいその他
たくさんの音を
ムー猫のようにおって、はねている

(ぱ)

「パパパ・ボルケーノ」

しまぐにのむこうまで
いこうとすると、海だった、橋は
かからない、棒も、渡せない
「ひゆ」のなだれがもっていった「ひゆ」
これですっからかんになったと思ったのに
のこったぼくは生きてしまう
ばかだな、ばかだな
ひゆにつかり（「ほん」をよみ）
またひゆするための力をしんじようと
する、ひゆ（昼）、あんさー（朝）からは
ほどとおい、ふゆ
ぼくにとって、ほんらいてきに、ともだちは
ひゆのなかに、いる、きゆ、ゆきのような
秩序、あるいはせつりの果てで

といっても、ゆうげんの時間での
ことだから、たかがしれてる果てで
ほうげんする
わけにもいかない、命はじぶんでカイタイして
ほうぼうにちる、ひゆ、は
目にみえておちる花びらだ
もっともすばしっこいものとしての
あんさー
それを編むながれはもう雪の下で光っていますか
と問う、とうとうと、つくつくと、ぼうしぼうし、と
ぼくのなくしたとんがりぼうしの、さきっちょが
詰問、難問、珍問として
孤立していく
休眠のあいだに求婚していたムー猫がつれてきた「おと」
これを「籍」にいれるのか、「箱」にいれるのか、いずれにせよ
目にみえない「式」をあげてやろうとおもう

それはきっとよい「ひゆ」
ではじめからかきなおし、みじかいぼくの人生のおさらい
いや、かかなくてもいい、だれも読まなくても
好きにならなくても
だけれど「ひゆ」は使って生きたいとおもう、個として
いや
みえない血のつながり、ぼくのかくれたしまぐにのドッペルゲンガー
パパパ・ボルケーノの
子として

（ぱ）

「パパパ・ボルケーノの音楽」

「みそしるといぶくろ
　あたためろ、カラダを」

まるで冷えきった稜線がじぶんの過去をかたっているようだ
鞭のしじつ、ぼくにまつわるぼうけんの鉄則は
鞭のしじつ、すてられた人形が
じぶんのコトバをかくとくしてゆく過程で
口を開けてしまったようだ
ぼくは
まだ固まってからすこししかたっていない
なまあたたかい岩の瘤をつたって
やってきた
そのながいながい（生前の）時間のうちに
なんども取りかえっこされるぼくの、混淆した歴史

かんがえられうるかぎりの射程の
もっともさまつなものであるカラダの、むせかえるようなつながりも
そのうちきえてしまうだろう
主格がなにを演じるかによってぼくはなにを考えるのかをしる
てぶくろから突きでたごほんゆびよりさきには
なにもない
なにもないから
ちかくのものにふれる、ふれられないから
ヒトヒトはたとえば「し」をかくというが
パパパ・ボルケーノのくちびるからこぼれる溶岩はゆっくりと
はじまりのことわり、あるいはちつじょについて
ぼくのいでんしに、おしえていた
それによってぼくはもういちど
よみがえるというのだろうか
死んだ「あいうえお」のなかからカラダをおこして
ねむたい目をこすりながら

また家をでていかなくてはいけないのだろうか
いつだって
てぶくろから突きでたごほんゆびよりさきはまっくら
恐怖するひまも、ないのだろうね
しょうじきな感情の地形をあるいている、と
雪の斜面にかきのこ
さない
パパパ・ボルケーノからかぞえてまだ二代め
もうしまぐにも
いっしょくたのごっちゃまぜ

（ぱ）

「ナレーション」

アールの記述のなかでなみだが出そうになったところがある。なにかがていねいに書かれ、ていねいになにかをかんがえようとしていることが文章に現れていたからだ。その箇所はひょっとしたら「のような」の比喩の見えなさのなかで僕とアールが得た「同感」であり、それじたいそもそも明かすことができない類のものかもしれないが、あるコトバの次に現れてしかるべき場所を予告する、短いが、とてもひそやかできれいな箇所だった。とはいえ、それは歓待すべき領域なのではない。希望とはとどのつまり、あいまいな絶望にたいするあいまいな論理や構造でしかない。大事なのはそれらをいっしょくたにせりあげて、ただ不安と恐怖しか残らないような地平に一個の意志を突き抜けさせることだろう。

突如として隆起したパパパ・ボルケーノのためにアールは自分のコトバにおける可能性に覚醒し始めている。ある大きな摂理とアールじしんとの複雑な混淆やその表出を自覚している。アールはそこから先にはなにもない「ごほんゆび」を未知の形式のわずかな起伏にひっかけて体重を移動させる。「ごほんゆび」にかかるのは「責任」や「技術」ではなかった。その一連の動きによってアールが「自由（詩）」だったからだ。だけれどアールはここまでやってきて、ここで引き返すのだと知っていた。「責任」や「技術」が介在する場所まで戻っていくことを、アールはその生のはじめから決めていた。

（多）

25

「ムー猫の語彙、ふえない」

さきにいっておく
いずれ、すべてのしゅかくがいっしょくたになって
「だれか」のこえを発するというワケでしょう?
みのほどしらずめ
あくのフィルターをもたぬ、ちびどもめ
どーぶつはここで息するのをやめた
なのでせかいは静かだった
なんでもいえばいいさ、かきゃ
かきくうきゃくも、かきゃ
いいさ
てつがくしゃみたいに辞典をつくろうとおもった
「ほうふつ」は「ふさふさの毛」
みたいに
でもそれいじょうはふえない、「ふさふさの毛」も

ごいも
あくのフィルターのあみめにはいちいちおじぞうさんがいて
いってらっしゃいとおかえりのあいさつをする
いくものも、かえってくるものも、ここで
しゅんじゅんする、ぴた
ととまっているように見える
自己はそのちゅうしんを手放してはいない
そのさきをかんがえもしない
けさ、ぼくたち（パパパとぼく）は
おぼえていなかった
きのう、どこまで登ったとか、どんな
はなしをしたとか、なにを
たべたとか
ひびのトウハンはぼくたちにひろうをもたらした
「ひろう」とは「ものわすれ」
まず「は行」を完成させようか

まずは「行」を完成させようか
どっちでもいい
「パ行」はしかしパパパのなまえからはじまるのだった
パパパはいま、あくのフィルターにとりついた
ゆきの結晶のようなおじぞうさんの瞳と
おはなししている、しゅんじゅんしている、ぴた
と
とまっている
ぺろしてパパパのまぶたを（がんきゅうを傷つけないように）ひらくと
おおきなあながあいていて
これは入れるものなのかとぼくはおもうのだった

（無）

「めでぃてーしょん」

そろそろ名前をつけてもいいころだとおもう
あのふたりのヒトヒトのために、あたためていた名
「シンヨウ（針葉）」は凍傷の「せんせい」へ
「フミン（不眠）」はその「せいと」へ
りょうほうを呼ぶときには「フタリ」にしよう
ぼくが生まれるまえから、あたためていた名
あたえられていた名
ある会話のけいいたいを、ぼくはさがしているのだった
「フタリ」がかわしたコトバの、ひじょうな「時差」がうんだ
かん違いや、いき違い
活火山のふもとにおいていいっしゅんつながれた
シンヨウとフミンの手と、ほどかれた手の爾後
ぼくしか知らないがゆえにぼくだけが見のがしてしまう
考古学の、地層

コトバがかさなって
もうぐちゃぐちゃにとけてしまったところ
それをぼくは思い描きはじめる

シンヨウ「さむい、さむい」
フミン「わたしたちはここまできました」

ぼくのザックのくらい
ぐるぐるまきの奥にしまわれていた映画のだいほん
そのすう行ぶんの時代の重なりから思いだされる
サウンドトラックというかのうたい
このトラックはいわゆるなんトンとかのそれで
助手席は、これから「ひゆ」されるぼくと似たヒトヒトのために
あけてある
運転席にのるぼくはすでに、だれかの「ひゆ」になっていて
「見えないところ」まで

好きなように走りだしてもいい、から
ほんしつてきにはもう「ひゆ」はいらない
死んだとかじゃなくて、いらない
ぼくは
ほんとうにじゆうになってしまったコトバに
バイオとして対峙するよう生みだされた
粘土であり
史実なんだ

（ぱ）

いったい「ひゆ」とはなんなのだろう。それはまるでここに出てくる登場人物のあいだで自由にかわされる贈り物のように見える。それぞれの像の交換過程にあらわれる近似値の場に僕は放り出されている。そこはたとえばアールとフミンの中間かもしれない。または僕とアールの中間の場なのかもしれない。そこでたがいは似ている。身体の損傷の程度において、あるいは両者とも「子」のようであることにおいて。

重なり合うことはないけれど、それぞれの中断された成長や伸張によってたがいの距離は常に緊張し、どこかに残留している「部分」を強烈に示唆し続けている。それを動体視力ではなくもっと直接的に見ているものがいる。ここでムー猫に話しかけたい。いまアールのカラダのなかを探索中の、あの好奇心旺盛な猫に。

「ヒトヒトのカラダのナカにまで入ってしまうということは、ものがたりはもうおしまいにちかづいているということだ。おまえはアールの胎内とおまえじしんのはらぺこを共振させて、恐怖ににたものを感じているだろう。僕たちはもうすぐいっしょにいなくなる。終わりはいつも内側からやってくる。」

ここで僕も、すべての内側からやってくる「終わり」の目的として、自分の輪郭をあらわにしようと思った。

「だからアールとフミンや、フミンとシンヨウの「関係」のカッコを開放させたときにこぼれだす物語を、そこからおまえが話すべきなんだ」

状況整理。いまアールは瞑想中である。その入り口はアールの眼窩であり、ムー猫は（習性に逆らうことができず）すでにそのナカへ入っている。（多）

26

「パパパの胎内のムー猫による、シンヨウとフミン」

アニ絵をおって、まっくらなやみのなか
アニ絵になると
みえてくる、ぞうけい
パパパがいつかはなしてくれた「しか」のガソが
羽虫のようにあつまって
しろいひかりのしたで
じぶんのことを思いだすように
ふたりのヒトヒトのすがたを
かたどりはじめている

シンヨウ　「寒い、寒い」
フミン　「また雨が降ってきました」
シンヨウ　「わたしの体温にくらいついてきたけものの時代を憎み続けることはできない
　とわかっていても、寒い、寒い」

フミン　「ぼくたちがこの世にあらわれようとするときはいつもそうです、輪郭線に白い光が差し、それらをほどき、わたしたちの内面や精神が、外気に流れ出し、透明になり、ぼくたちから体温を奪っていきます」

シンヨウ　「だからこそ、ここにとどまるための数語の会話が必要だった、互いにからっぽになっていく体に、互いの言葉を根拠として残していくことが」

フミン　「ええ、何か確かなものを残していくことが」

シンヨウ　「それはどこか自分と似ていなければいけなかった、わたしという空洞にわたしそのものでもあるような比喩が満ち、それがわたしの質量にならなければいけなかった」

フミン　「そのすべてを詩、ともいうことができます」

シンヨウ　「別のいい方もある、たとえば形骸、なにか足りないもの、自分に似ているものを見つけられない幽霊、あるいは、今も消え続けているわたしたちの輪郭線」

フミン　「その切り立つ稜線にあなたは「詩行」を試みたし、それによって人間の境界を意識しようとしました、まるで人間への意識を断ち切るように」

シンヨウ　「人間の境界とはわたしの境界にほかならない、その形成線のための家を、自己否定と同期させながら、わたしはつくってきたと思いだすのだ」

フミン　「だけれどそこにすでに何かが存在していなければ、家もやはり形骸なのだとおっしゃりたいのですね」

シンヨウ　「そう、何もない家、何もない場所、荒れ果てた幻、何も生まない現実、だけれどそこにはすでに何かがあった、だから家には明かりがともっている」

フミン　「あなたが知らない、あなたに似た言葉や体が、そこでもうずっと前から、あなたよりも早く寝起きしていた」

シンヨウ　「わたしが彼らを知らなかった、ということはない、わたしは彼らを覚えているといつも思って歩いていた、動けなくなった今では、よりいっそう、わたしは彼らを知っているということができる」

フミン　「彼らのことを、あなたに似たものたちのことを、今ぼくはなんと呼べばいいでしょうか」

シンヨウ　「コウブン、と名づけてほしい」

フミン　「それは彼らの内容ですか、わたしたちをここに表現する蛾の命がもうすぐ終わります、だから教えてください」

シンヨウ　「彼ら自身の根拠でもあるし、わたしの輪郭の支え、疲れたわたしが座る椅子でもある、だけれどそこからあふれ出す内容や精神がわたしに似ているとは限らない、わたしに再び質量をあたえ、わたしを癒すとは限らない」

フミン「あなたがそれによって救われることはないのですね」

シンヨウ「もう明かりのついた家には帰ることができない、それだけの意味なのだ」

フミン「ぼくとあなただけが寒くなる時代と、ぼくとあなただけが苦しむ場所なのですね」

シンヨウ「といってはいけない、まだきみは何かを透き通っていったわけでもないし、何かを信じきっているわけでも、すべてを奪われているわけでもない、わたしだけが寒い時代にはわたしだけの希望があって、わたしはわたしの深さがついにわたしを運び始めているのを感じている」

フミン「ぼく自身が「比喩」という「現象」であることによってあなたと話ができること、まさしくそのようなぼくのことをあなたに見てもらうことで、ぼくはあなたからなにかを譲り受けようとしているのかもしれません」

シンヨウ「いや、フミンくん、きみは「比喩」による「現象」ではなく、いつだってその「目的」だったということを忘れてはいけない」

フミン「その都度、たったひとつのものである目的」

シンヨウ　「だからきみは、ともすればとても多い、だけれどそれを多くの瞳で見てみれば、やはりたったひとつのものだ」

フミン　「では、終わりであるあなたとここで震えながら、ぼくの目は何を見るのでしょうか、ぼくの意思はぼくに到達する言葉の自己否定によって、消えかかっています」

シンヨウ　「きみはここに先だつコウブンとして何かを待っている、だから、じぶんの姿をわたしの知らないどこかにあらわせるよう、みずからを前へ前へと、思いださなくてはいけない」

フミン　「ぼくはこの寒さをしのぎたい、この体を覆うものを、あたたかい服を、まず思いだしたい」

シンヨウ　「それによって隠れるのではなく、それを身にまとい、どこかにあらわれるためのもの」

フミン　「ええ、それはもうぼんやりとあらわれているはずなのですが、いつもぼくたちには時間がありません」

シンヨウ　「たがいの顔を知る時間さえ」

フミン　「とても静かな動物が一匹、すぐそこまでやってきています」

シンヨウ　「わたしたちと同じように、あらわれることに失敗しているのだよ、だからまたおいで、とだけいってやるのだ、そうすればわたしたちがどこにいても、またそれはやってくる」

フミン　「今のあなたの顔やその姿のぜんたいを描いて、動かしてみたいと、ぼくは思っています」

シンヨウ　「もうわたしはわたし自身の深さによってわたしを運び始めている、だからわたしがきみの今を、消えていくきみの、荒れ果てたまま／すでに豊かになっている「世界」を、きみを中心に描いておこう」

フミン　「いつもより多く話ができました、ほんとうにありがとう」

やみのなかにひらひらおちていったアニ絵は
「しか」のガソの、おかしみたいにこぼれるひかりを
あたりにていちゃくさせようとしている
だけれどぼくはそれらのあいだをぬって走ってくる
もういっぴきの「しか」をみつめていた
ともかく

ざらざらのスケッチはできた
ふたりのうち、としをとっているほうは
からだの上はんぶんがぷかぷか浮かんでいて
あしがとうめいになっている
それがとても恥ずかしそうで、さむそうだったから
ひざかけをかけてあたためてやる
わかいほうはパーカーを着ている、すこしゆるいので
ズボンもすこしゆるくしてやる
顔はまだできていない
そして「しか」だ
パパパがいったように
それは動きつづけていてとらえどこがない
「つの」は、パパパのぼうしにくっついていたぼんぼんみたいに
ひかっている
ふたりのうしろにはくちかけたカラマツの森がみえて
雨がふっている

(無)

「パパパによる実線」

とうに出会っていたものにたいしてスケッチは
描きそこねたものへの追慕をかきたてるのであった
もうすぐ春が来る、とぼくはかんじているが
それは奇跡などではなく、もっと実測にそった
やわらかい、きんにくのゆるみのうちで
いよいよよろこびとかなしみを
「ほうふつ」ににた、ふさふさの毛のあいだで
受けとめはじめるのだろう
ぼくはおわかれをいうようなつもりで
ザックからとりだしだスケッチブックにボールペンをはしらせる
その手は
いつかムーさんに説明した「鹿」のようだった
ぼくが「フタリ」のりんかくを
「はじめからそこにあったみたいな点線」にそって描きはじめると

たあいのない生き物のおしっこのにおいが
画面からただよってくる
その、ちいさい数匹がむつまじくじゃれあったようなしみの跡に
シンヨウはうつむきかげんで座っていた
椅子に、だろうか?
ひざの上にはざらざらした毛布がかかっているので
わからない
背を、まだ樹齢の若いカラマツにもたせかけていて
いっそう、椅子に座っているのかどうか
わからない
ここでおしっこの湯気のなかでまどろんでいたフミンのりんかくが
ふわっと立ち上がり
その全貌をあきらかにしていった、つまり
上からいえば
ベースボールキャップ、ゆったりしたパーカー
ほころびたミトン、麻でできたゴミ袋のようなみじかいズボン

そしてプラスチックのスキーぐつ
下からいえば
まったくその逆のじゅんばんのさいごに
「星のような瞳」、という「とくちょう」を描きたすのかどうか
フミンはシンヨウのほうを（こちらを背にして）ずっと向いているので
顔がわからない
フタリのそばにはまだ破線のトートバッグとザックがおかれている
というよりは、描きどころがわるく
うかんでいる
さて、ペンを持つぼくの「手」をおってはしゃぎまわっている動物が
ムーさんだったらいいなとぼくはおもうのだが
こんなところまでやってきて
おいしそうに見えるらしいぼくのユビにしゃぶりつこうとしている
うっかりそいつを
「鹿のように」といってしまったから
あわててムーさん的「シカ」を描きたして

実線へと、にがしてやる
なまえは「ラスコー」でいい
すると軽くなったぼくの「手」はラスコーをおうムーさんのスケッチに
とりかかっている
ずっと生きていてほしかった猫
ちょうどそれをフミンのすぐうしろに描いてしまったので
連星のようにサンニンは存在し、ぼくに想像されつづける
かれらもかれら自身の想像のへりで
ぼくを見つめている、そして
まだおしっこの湯気のなかにいた
すう分まえのじぶんのことを思いだしながら
サンニンはそれぞれの思いでのしゅごととして
一人称を使いはじめる
ぼくが聞きたいような、もう聞きたくはないような
できごとのつづきを
はなしはじめる

（ぱ）

「アニメーション」

「眼窩のものがたり」のおちくぼんだ深部には、光を反射する水の面積がある。そこに映りこむ景色、そして、それらをすべてねぶりとる舌さきによみがえる「思いで」。ぜんぶこっけいだった。シンヨウははんぶん幽霊であり、フミンはかんぺきなまでに服装をまちがえている。そしてムー猫はつねに「あまりもの」であり、それらの構図を駆け抜けていった鹿はかろうじて（首と胴体がつながっていることにより）骨格標本を免れているというぐあいに。

アールの眼窩にアナロジーはあるのだった。それを少し拡大して見ると、「空洞の苦しみ」が「比喩」によって導かれていく「水場」に、アニ絵はじっさい集まってきているのだった。このとき、がらんどうであるはずのアールの右の眼窩には無数の小さな卵が産みつけられている。

（多）

「チョコの箱の中」

「(顔のない) 伝道者の想像力によって引き伸ばされた森の (影の) 中、一箇所だけ光が錯乱している (ように見える) 立木の下で (傷ついた) 師弟が眠ろうとしているのを、もうずっと前から見ている羽虫 (の複眼) が、二人の姿を (小さなその) 体内に投影すると、(師弟の継続された) 会話は (経験を抹消する) プリズムの神経を巡り (複眼の網膜の床で (言葉は) 一人の冬を見つけた (羽虫 (の虹彩) は収縮して))、消えていくようだった (生り残る) 一人がもう一人の周縁に火 (の突端) を見ると緑色の炎は内側にめくれ、(生き残らない) 一人 (の影) を一晩中、低温で焼いていたように思うのだが、(ぱちぱちと) 放散されるりんぷんが (それぞれのもとあった形を組成しなおそうとした) 空中に、――」(以下、限界の見えた「構文」をどうすれば……)

ドウスレバ!

腐リキッテハイナイガ
腐リツツアル薪ノ木屑ヲサット
手デハラッテヤルト
ホロホロクズレテ風ニ舞ッテイク

——コレハ「詩」ダ、起キロ、コレハキミの「体」ノコトデハナイ、起キロ、
フミン
パ、
パパ、
ぱちくり
やあ、ドッペルゲンガー

27

「フミン」

ずいぶん
おしゃべりな夢を見ていた
まさしくそのような夢を「倫理」として書くために
ボクは寝る前の一時間
じぶんの身を横たえながら「読書」の習慣を持つことになったのだが
一般的に「栄養」や「遊戯」と呼ばれるものを締め出すようにできていた
ボクのキンニクしかないカラダは
ボクじしんの性愛の対象でもあり
寝る前の一時間
ボクじしんの、それらある意味ふたつのカラダが
一緒に横たわり、重なり合い
それを行っていた
すると、「端役」が行っている「本読み」の
なにかを脅迫するような、ぶきみな音声が

部屋のどこかから漂ってくのだった
ボクのカラダを戒め続けた初期の「ぐんだん」の一人を発見したのはそのころで
彼は、ボクがこぼした性愛上の声をじぶんのものだと勘違いしたらしい
その夜、ボクは
よく見れば性器さえも骨になってしまっている訪問者の下半身に
衝動的に毛布をかぶせている
ところでボクの「回想」について
なぜこのような書き方で、と思うかもしれない
つまり「詩」のような、と
二通りのこたえがある
ひとつは、書けないことが書けそうだから、という回答
もうひとつは、矛盾しているのだが
キワまでいくのが怖いからという回答
ボクは書けないことを書いたから
もうボクではありえない
ボクのカラダの中には「構文」がうめ込まれている

それがどんな国語の姿もかりないまま
ボク、の脳みそに直接書かれて、い、る、と、き、
ボクのカラダは「ジユウシ」としてどのようにでも成立した
つまり「イチギョウ」の自己否定が（忘れられたという意味で）完了したのちの
「コトバへの許可」、つまり存在の肯定が
ボクにも与えられていた
許されたものどうしの世界、ふしぎな超越性に守られ
その構造に侵食していく「イノチ」の、いやな顔の世界
ボクは書けないことを書いた、書けないことを書くことは
じぶんのカラダがそこで「根拠《ヒトリ》」であるほかはない世界の展性のただなかで
めりめりと、みずからをぜんぶめくれあがらせることと同義だった、そのとき
めくれあがった円周の淵で世界にさらされる「根拠」の無防備が
「イチギョウ」それじたいに転移していく過程《ものがたり》を
ボクは死んでからも覚えている
そのときボクが思いがけず逢着した
ボクはボクであるというトートロジーは

ボクが「根拠」それじたいとして「詩」に先立っている、という
ボクのカラダのひみつを折りたたむ
それが「シガク」になった
ボクは生まれることに許可をもとめたことはない
ボクは「イチギョウ」の内側にある「構文」の空洞に
ものごころついたときから
ボクが覚えているもののかたちを書き込みはじめていた
ボクはボクのカラダを二つ以上に分割させ
「ボクタチ」というコトバを「構文」のいちばんはじめに置く、そしてまた
自己否定《ドウゴハンプク》が始まる
これが歴史であり
一人称は、いつも内側から外側へめくれあがる「なにか」といっしょに
ぞろぞろとやってきた
そのようなものらはみな裸で、痩せすぎており
なぜか男性器の宇宙の穴のようなふくらみだけが
いましがた思いだしていた訪問者のそれとそっくりだった

ボクは彼の下半身に毛布をかぶせた
それからずっと後、訪問者はボクの片目をえぐりにきた
だけれどそれはまだ起こっていないこと
「起こっていない過去」という時制のために、書き方がわからないこと
だから、とりあえず今は死んだものの話を終わらせたい
ボクの分裂するカラダの突端
岬から切り離された岬
えんよーう
えんよーう
と響く、人間の名前のような音声の、あれは
「コクゴ」と呼ばれる層に沈潜し、眠り続けている兄弟の話を

（下）

28

「ティンバーランド」

中国東北部、赤茶けた避難地図内の
いく筋かの川沿いの土地に、放置されたままである有機体K
その「ばらばらになったカラダ」について、ボク（蛾）は証言する、複眼のため
「意識」としては混濁しているが、以下、記述する

家族の物語のなかでながれるしょうべんの川を
フタリ、泳いで逃げていた
なぜフタリに見えたのか、複眼のためか
あるいはボクじしんの傷つけあうカラダの多重性のためか
名がいくつかあったからか、互いが互いの名を
呼んでいたからか
分裂した一個の有機体、KチンとKボウ
（チンゲボウボウといってふたつの死体が笑っているよ）
ここは書き込みの多い場所、フタリとも

ようやく肉声で語り始められると思ったら、肉声の
「声」のぶぶんを失っていることに
もう気づいている
「肉」としての悪夢を（ボクも）
見ていたのだろう
「声」はもうない
「瞳」はどうか
ボクのゆいいつのじまん、誇るべき複眼、かくにんは
鏡のような水面が見つかるまで（じぶんの顔を判別するまで）
おあずけだった
ここは書き込みの多い場所
そして忘れられている場所
先着が複数いる場所
もしくは
シンヨウが半分死んでいる場所
ボクが思いだす場所

荒れ果てたまま／すでに豊かになっている
この「すらっしゅ」は「傷」だと思うだろうが
この「すらっしゅ」は口で、そこから
ちいさな破裂音が聞き取れるなら
たとえば「す（ぷ）らっしゅ」なら
ボクたちは
「水場」を跳ね回って遊んでいる
チチ -pa にハハ -ma にと抑圧されてはいるが
「無傷」のカラダ数個であり
口のなかの川をコトバとして流れている
とうとつに
「牡丹」という文字が川底から浮かび上がってくるのだが
それがなんの名前なのか
三株の苔は、知るよしはなかったのだ、また
そのそばで口をひらく
濃い緑色の多肉植物が呪文をとなえて

「ぐんだんを呼びこむのだ」とつぶやいても
ひゃくねんさきのことは
だれにだって分からないのだ
だけれども
半分死んでいる（半分ずつ生きている）
ケイチンとケイボウの思念が具現化したら
「植物」と「詩」に分離するはずで、そのかたわれの
互いにたいするさいごの目配せは、たしかにその日
荒れ果てたまま／すでに豊かになっている
場所で
おこなわれていた
ボクハ、アカイセンヲ、ヒキマショウ
オニイチャンノ、アオイセンノ、チカクニ
ズットイマショウ
ひじょうに画像がぼやけてしまっており
どちらが年長者なのか、わからなかった

あのときボクがじぶんの網膜になにかを書き足すとして
「川のなかではぐれた」
「家族は汽車で」
のふたつを、あとではんめいした事実として
そえておく
どのような感情を繁殖させればよかったのだろうか
ボクは事後調査票の「(それを証言する)私」と書いてあるところに丸をする
もちろんうそである
ボクはかれらではないし、かれらの親でも
まして「何者」でもなかった
コクゴの層でまどろむ兄弟は「死亡除籍」
「昭和二十年八月中旬
団員ヲ広場ニ集メ
地雷ヲ爆発サセタ」——以後
(っぱ-破)の、おとが
小さなボクたちの口のなかで

大きなボクたちのカラダを壊していく
ボクはじぶんの網膜への加筆、修正の後
兄弟のほんとうの最期を
思いだす
ボクハ、川面ヲながれるフタリガ、ハダカンボウデ
チンチンガ、水をすって、ふくれてイテ
胸ガ、ツブレルクライ苦しかッタ、ダケド
ボクガナミダヲ流シテイタノハ
ソレガ理由デハナイ、ボクハ
ボクノ記憶ガ無限ダカラ
泣イテイタの
だった
複眼のひとつひとつを検証すると
そういうことになる
「カッコつきの（コクゴ）と（カラダ）が、運河のように見えはしないか
それをそのまま、夜空に持ち上げてみるんだ」と

若いシンヨウが、いつからかボクにいわせている
そのシンヨウはいつからか
ボクの背中に座っている（ボクが「見えない椅子」だった）
半分死んでいるということは
殆ど死んでいることと同じで
記憶はその肉体を水場とする
みうが、
みうが、と
シンヨウが指差しているほうへボクは歩いている
みずが、と
うみが、の混淆
複眼的な、植物的な
分裂（エンヨーウ、カイヨーウ、カユい、カユい）
飲みたいわけではないだろう
それを
見にいきたいのだ、と伝わる（背中の凍傷もじっさい痒いらしい）

このときボクはシンヨウを背負っていることにおいて孤独であるが
もうみなが忘れているケイチンとケイボウの母親が
「川のなか」で子供たちと別れたときの「気持ち」によって、「ここ」をさまざまに
思い描いてみる
ジコをさらに分裂させて
それぞれの行きたいところまで行かせてみて
それぞれが世界にあらわれるまで
いやなことを忘れて黙っていたいと、思うからだ
そうやって
コクゴのほうへ「汽車」に乗って消えていく女のひとを
起こさないように
目を閉じて、口を閉じて歩く
なんねんも、なんねんも
「ひとつ山を越えて、海に出る道」を
どうやら歩かされているようなのだ
そのうち笹の葉で素足を切って、そこからにおいたつものがたり

とはまた別に
とほうもない数だけどすべてを聞き取れなくもない「おと」が
カラダにみちていく
ざあ、ざあ、ざあ
えんよーう、えんよーぅ
「雨が降り始めてきました」と
「せな」に乗るヒトに伝えると
「きみはなかなか歳をとらないし、わたしはなかなか死ねない」といった

（不）

29

「目的地をうっかり通過する」

もうずっとまえから
ぼくの「一行=きゃらばん」に付着している、毛やら虫やらが
カラマツばっかりの森を歩き続けている
三名いじょうであることはまちがいのないヒトヒトやドウブツ
それから、そのどれでもないものたちのカラダを
コッチヨ、コッチヨ——と
くすぐっている
なりゆき上の論理では、みな
じぶんいっこの解体のはてにあるせいめいに
気づいている、いや
ぼくの時計を見るかぎりでは
よくやく気づきはじめた、といったらいいのか
くすぐられつづけてずっとここにいる、と
粒子にほぐれた「一行」の混濁は、しかし

ひとかたまりにして見たら、いけないよ
コトバはとても小さいものだから
対応するのはいつだって複眼だ
それを切り刻んですりつぶして「ものがたり」をつくる、とは
コトバとコトバの「空き地」のように
さびしく、悲しく、ふあんなことで、ぼくは
「そこからやってくるもののためにぼくたちの時代は」と
すっかり元気をなくしている「きゃらばん」にはなしかける
すると「きゃらばん」はそれを朝食の合図かなにかとかんちがいしたらしく
無数に分裂していくみずからのカラダに
とっぴょうしもない選択をあたえている、つまり
荒れ果てたまま／すでに豊かになっている
森のどこか
だれぞが描きたしたテーブルのまわりに
それぞれの姿のまま着席するのだ
このときやはり椅子はソンザイしないのだから、みな

下半身をゆうれいにして（ムー猫までも！）
テーブルの上に両手を乗せ（するとそのどちらかにペンが握られている）
はじめの果物がでてくるまで
コトバのゲームで時間をつぶす
まずだれかが「文」をかきはじめる（テーブルの上、空気のなか、どこでもいい）
次に、時計回りに、あるいは反時計回りに、そしててんでばらばらに
もしくは、生まれた順に、死んだ順に、これから生まれる順に、これから死ぬ順に
それを「じぶん」だと思うものが
はじめの「文」の内側にカッコをいれて
そこに足りないものをかきこんでいく、こうして
カッコの内側のカッコの内側の……とつづいていくのだが
おそらく今日は（と、ぼくは時計を見る——二〇一九年、しがつ、五日）
ぼくがそのゲームをおわらせる番なのだ
その長い長い一文の内側のすべてをあっけなく
主部と述部だけの文章にかきなおす
「そこからやってくるもののためにぼくたちの時代は、

恐怖に支配されている」
ねえ、「そこ」ってどこですかとムーさん
かわいやね、春風にふかれて
涙がながれてくるね
林檎を食べましょう
ぼくが人数ぶん、切り分けます
まず、ムーさん（旅のはじめからいっしょだったね）
それからひとりではないヒトヒト（ケイチンでもありケイボウでもあり、コクゴから除籍されたヒトヒト）
つぎにフミンさん（片目のヒトヒト、まっくろな眼窩の坂をシンヨウを背おって降りていくヒトヒト）
そのつぎに、いちばん蜜がさしているところを、シンヨウさん（はんぶん幽霊のヒトヒト、もうぼくらもそうなのですが、はんぶん殺されたヒトヒト、過ぎた時代の「ぐんだん」に殺されたヒトヒト）
さいごはぼくのぶん
ぼく、パパパ・ロビンソン

はついくふりょうの胎児、たんじょうびがわからない、死ぬ世紀もわからない
いまが、わからない
おそらくコクゴの直系で、ボルケーノの末、そしてあなたたちの一部
「溶けあうこと」にはだけれど
「そこまではいけない」という

永久凍土で保存された林檎です
この赤色はつねに「らいはる」をいみする、珍種です
ザックのなかにながいあいだ、入っていました

(ぱ)

30

「そのこころは」

「こころ」について書きたいことがあるので仕事をやめます、といってたっくさんの風とくしゃみの春さきはすぅ羽の鳥の種類のみならずそれぞれのこゆうめい（ワーストネーム？）を僕にあたえているようだった。たとえそれが絵に描いたものであっても僕にすてられないものはこの年おおく、ヒトヒトのコトバではそれを「愛着」というらしいが、いやいやそのつづきがあるでしょう、とすかさず反論にとりかかるいっぴきの歯の大きいネズミがとりあえず原寸大の僕であるとして、ないようはこうだった。

ぶつぶつ、「この後」におよべば、ですけどね、もしアールの眼窩の内側と外側がつながっているのなら、きっと多くのヒトヒトは目を閉じてでもアールの書いたことの内側と外側をじゆうにいったりきたりできたのですが、アールのにくたいが（はためには自己否定によって）この世からなくなってしまったあと、そのけいけんは世界のどこへも還元がふかのうなものになったのです。かつて聞こえたこと、かつて読むことができたもの、かつて知っていた影、それらをつぎはぎのようにぬいあわせる暗い部屋では形にならない、どうしようもなく力ない声がゆいいつのトモダチでした。それはきっとアールもそうだったにちがいありません。アールはムー猫がいなくなってしまったあとのことを書けませんでした。そのアールのことを僕も書けませんでした。そのことによっていっきに失われる「場」の「気温」にアールのカラダも僕のカラダも耐えられないと思ったからです。だけれど僕は「いずれ書けなくなる」と、アールがどこまでかは大事に持っていた「成分表」の最後の項目に記しておきたかった。そうやって「なにもかも」を予感しておきたかった。ささえはいつも「生まれたこと＝悲歌」だったと思いだすのです。悲歌と予知夢の接線ではなぜか希望が生まれる。ふたつ、みっつ、いや、それ以上のじんせいを生きながら「死」や「不在」と、ほんとうはずっとまえに遠くにいってしまっているけれど、アールのように僕も「宿題」を忘れたくなかった。分裂した僕の口がそれぞれにじぶんの記憶のなかからじぶんの名前をなのるとき、僕もじぶんのことを、もっともはじめの、もっとも気に入った、もっともさいあくの呼ばれかたの相のもとに、かたりはじめるのです。そうやって僕はヒトヒトではないヒトヒトたちとの契約、「ドクシャ」や「きみ」という非在のさらにそのスキマに見え隠れするものたちと交わしたコトバを生きている。姿など、いくらでも変えられるのです。インブンケイにでも、サンブンケイにでも。だけれどほんとうにヒトヒトはかつて「詩」のなかにいのちが見えたのだろうか。ヒトヒトの動体視力は「破線の鹿」がアニ絵として、いまもアールやムー猫が生きていることを僕が信じる「森＝詩」でやせ細っているのを見たのだろうか。ひゆのひゆ、ほんとうに像のぼやけたところで「種」をあかせば、その「鹿」こそが「シンヨウ」のかなしい分裂だったのです。だけれどそれを見なかった、あるいは覚えていなかったのなら、それでもいい。ヒトヒトはときおりびっくりするくらい明るいもの忘れをする。そうして「わたし」からとおざかり、それを生きることができなかった可能態の内側をいろいろにふくらませて、中心のくうはくの場所でまた「わたし」とつぶやきはじめる。ふくらませたものをまたからっぽのまんなかに集めはじめるのです。そのように「生き-離れ」ながら、なお「ここ」に残留する「愛着」のものがたりを僕は書きたかった、と「ここ」に残る「ちぎれた手」や「のどぼとけ」は、まだそのつづきを書こうと、ぶるぶるふるえている。それらの「部分」がたとえば「ちぶさ、ちぶさ、」とひっしに求めていれば、その「ちぶさ」をもっている「きみ」や「あなた」は、きっとないてしまうんじゃないか、もうそのカラダを呼ばれたほうへ、おもむかせているんじゃないか。アールはひとこともいわなかったけれど、そして僕もたったいま気づいたことだけれど、アールはアールのおかあさん、そしてムー猫のおかあさんを探してもいたのではないか。だけれどお互いに、「じぶんのではない子の親」になって、「ほんとうの母親」(汽車のなかで目撃されたのだけれど)を起こさないよう、たったひとりかふたりで、じぶんの内側の恐怖にあらがおうとしていたのだと思う。だけれど、もしアールがムー猫とともに、そのために「せんせい」と等しく「惨殺」されてしまったのなら、アールはほんとうに、どこへいったのだろうかと考えます。そこを書いてくれる詩は、いつかあらわれるのだろうか。ともあれ、こんなにみじかいあいだだったけれどアールが「たくさん」のために生きたということは「よ」にしらしめるべきだと僕は思う。すると「よせよせ」と蟬の声が聞こえてくる。夏がくるんだね。遠くにいなくなる「きみ」が「これっぽっち」に見える。ところで「これっぽっち」たす一か二で、ほんとうに詩はやってくる？　「らいはる」も？

一行のなかにある「種」を文法として伸張させればそこにあるのは絶望（おはなしのおわり）なのだろう。だけれど「ヒトヒトの所有」を超えたコトバがときおりそのような惨状のもとにやってきては、ヒトヒトのザック（もうなにがはいっているのやら）のなかみを解いてやることもあるわけだ。そうしてヒトヒトは「もうなにがはいっているのやら」とつぶやいて、ちらかったそれらもまたコトバとしてなにかを記憶していると思いはじめる。はなし（わたし、ななしの、ながい、わたし）もおわりに近い、と気づきはじめる。僕はそれらなんなのかわからない記憶の連関のうえにじぶんが漂っているように感じはじめる。捨てられるように生まれ、傷つくようにできているヒトヒトとして、パパパ・ロビンソンの短い生涯が詩いがいのなにかではないことは、この説明でわかってもらえただろうか。かれはそのザックのなかにほかのなにかわからないものたちと長い間あったわけだが、もうずたぼろになって生まれて（すでにカラダの損傷は「親」から相続していたから）、じぶんのザックの底知れぬ中身（穴が開いていたというのではなく）とじぶんとの関係を、詩そのものとして生きなくてはいけなかった。テントのなかでじぶんたちのごはんを作っているとき、なにかすばらしいもの、たとえば「鳥」や「秋」や「風」というコトバの（生マレ－終エテ、という）「そよぎ」がアールのカラダを包みこむことはあったのだが、たまねぎを炒める手をとめることはなく、ただ「通過しな」と思うのだった。よい耳のムー猫には「循環しな」と聴こえつづけたことだろう。そのようにアールはみずからのザックの内側と外側の境界＝稜線を歩いたし、そこで非在のヒトヒトたちに支えられ、それらと意識を通わせた。だからといってアールがなにか（ザックの中身、非在のヒトヒトのコトバ）をよくしっているというのではなかった。というのも、しっていることを基底におけば、一行はやはり絶望の別のかたち＝「認識」をとるのであり、そうしたばあい、アールは生まれてすらいないからだ。

最後に
アールが出発する日の朝
アールのために水を用意してくれたサラダ菜の女の子へ

これからヨーイドンで
「詩」を書きます

三拍子が、すき
スケーターズ・ワルツをすこし練習してから
パソコンをひらきます
たどたどしくユビを動かして
よせよせ、詩なんか、と
コトバの三拍子がとちゅうでリズムをうしなっているように見えても
三拍子をまた、そのなかに感じるとき
もう詩の秘密も、理解している
みな
書けなくなる
みな？
「みなべ」というコトバを
「いずれ書けなくなる」のつぎに、おく

「皆辺」などとあててみて
ものがたりのひとつ、ふたつ
つくるのはかんたん
はじめるのは
かんたん
だけど
もういちどおさらい
詩は「たったそれっぽっちのもの」に
一か二をたせばできる
僕にとっては
みんなが失ったもののなかの、僕の遺失物を
「きみが見た」
ということ
サラダ菜のだれかさん
スケーターズ・ワルツをれんしゅうして
うまくなったら、また書きます

たくさんのこと
それっぽっちのこと
「ひと」が僕にその方法を教えてくれた詩《し》＝悲歌《いか》の
残りのこと

（ヨーイ、ドン）

（多）

D.C.

詩篇《しへん》　パパパ・ロビンソン

著者
中尾《なかお》太一《たいち》

装幀
菊地信義

発行者
小田久郎

発行所
株式会社　思潮社
〒一六二—〇八四二　東京都新宿区市谷砂土原町三—十五
電話〇三（三二六七）八一五三（営業）
〇三（三二六七）八一四一（編集）

本文組版
キャップス

印刷・製本所
創栄図書印刷株式会社

発行日
二〇二〇年九月二十五日